사진으로 보는 상하이
Shanghai

위 사진은 상하이 와이탄의 1930년대 풍경이
야. 와이탄은 상하이의 옛 건물과 야경을 볼
수 있는 황푸 강의 강가를 말해. 옛날 상하이
에서 처음으로 영국의 조계지가 들어섰던 곳
이지. 사진 속에 보이는 상하이 푸동 발전은
행(1923년), 상하이 해관(1925년), 허펑판디
엔(1906년) 등은 당시 유행하던 서양식 건축
양식으로 지어졌는데, 지금도 그대로 보존되
어 있어서 상하이의 명물로 자리잡고 있어.

위쪽 사진은 현재의 와이탄이야. 왼쪽 페이지의 위쪽 사진과 비교해 봐. 높은 시계탑 건물(상하이 해관)이 그대로 남아 있는 게 보이지?

아래쪽 사진은 와이탄의 강 건너에 자리잡은 푸둥신구 사진이야. 옛 모습이 그대로 남아 있는 와이탄과 달리, '금무대하'나 '상하이 세계금융센터'같은 최신식 건물들이 조명으로 번쩍번쩍 빛나고 있지. 구슬을 꿴 것 같은 중앙의 탑은 상하이의 상징과도 같은 '동방명주'야. 이 타워의 꼭대기에 올라가면 상하이 시내가 다 내려다 보여.

| 상하이의 뒷골목 |

개항기의 상하이에 사람들이 몰려들고 인구가 늘어나자, 부동산업자들은 막다른 골목 속에다가 집단 거주지를 만들었어. 이게 바로 상하이의 롱탕이야. 골목길 안에 공동수도시설이 있고, 빨래들도 널려 있는 게 보이지? 아직도 예전 중국의 모습을 간직한 채 상하이 주민들의 보금자리가 되어 있단다.

예원은 상하이의 구시가지 한가운데에 위치하고 있는 정원이야. 명나라 때 지어졌는데, 중국 정원 중에서도 가장 섬세하고 아름답다고 평가받고 있어.

'상하이의 베니스'라는 별명을 갖고 있는 주자자오는 송나라 시절부터 형성된 물의 마을이란다. 수상 교통의 핵심으로, 전형적인 중국 강남 스타일의 물길과 집들을 볼 수 있는 곳이야.

油條 요우티아오 (중국식 튀김빵)
豆漿 또우지앙 (두유)
요우티아오와 또우지앙은 중국 사람들이 아침 식사로 즐겨 찾는 음식이야. 요우티아오는 기름에 튀긴 빵이고, 또우지앙은 우리나라의 두유와 비슷한데 일종의 콩국이라고 생각하면 돼. 갓 튀긴 요우티아오를 또우지앙에 찍어먹으면 정말 맛있지! 중국에 가보면 KFC 같은 패스트푸드점에서도 이 음식을 팔고 있단다.

小籠包 샤오롱바오 (중국식 만두)
샤오롱바오는 국내에서 소룡포라고도 불리는 중국식 만두야. 다진 고기와 함께 육수를 넣지. 만두피 속에 육즙이 두툼하게 차 있는 게 특징이야. 만두피가 얇아서 잘 터지기 때문에 육수를 흘리지 않고 먹는 게 중요해!

炒白菜 차오바이차이 (배추볶음)
중국 요리에 자주 등장하는 배추는 우리가 사용하는 포기배추보다 훨씬 크기가 작아. 차오바이차이는 배추 고갱이를 길이로 가늘게 썰어서 볶은 요리야. 매콤새콤하고 아삭아삭 씹힌단다.

北京烤鴨 베이징카오야 (베이징오리구이)
베이징카오야는 원나라 시대서부터 전해 내려온 베이징의 대표적인 중화요리야. 겉표면은 잘 구워져서 바삭바삭하고, 안쪽은 사르르 녹는 식감에 고소하지. 고기를 얇게 썰어서 소스를 찍어 먹거나 오이채 같은 야채 반찬과 함께 밀전병에 싸서 먹기도 해.

香菇荣心 샹구차이신 (버섯 청경채 볶음)
표고버섯과 청경채를 볶은 요리야. 표고버섯의 짙은 갈색과 채소의 청록색빛이 잘 어울리지? 표고버섯의 깊은 맛과 차이신의 상쾌한 맛을 동시에 즐길 수 있는 음식이야.

清蒸魚 칭정위 (생선찜)
중국 풀코스 만찬에 절대로 빠지지 않는 것이 이 생선찜이야. 기본 양념만 해서 맑게 쪄내는데, 우리나라처럼 머리나 꼬리를 쳐내지 않고 생선의 형태를 그대로 유지하지.

대한민국 임시정부 유적지
상하이에는 일제강점기 때 독립을 위해 싸웠던 임시정부의 사무실이 보존되어 있어.
상하이에 가게 되면 꼭 들러볼 것!

일러두기

손문(孫文) → 쑨원

원세개(袁世凱) → 위안스카이

이미 굳어진 고유명사와 인명은 국어사전대로 표기하였습니다.

노빈손과 상하이 비밀결사단

초판 1쇄 펴냄 2013년 11월 15일
초판 3쇄 펴냄 2017년 7월 24일

지은이 신동훈
일러스트 이우일
펴낸이 고영은 박미숙

편집이사 인영아 ㅣ 뜨인돌기획팀 이준희 박경수 김정우 이가현
뜨인돌어린이기획팀 조연진 임솜이 ㅣ 디자인실 김세라 이기희
마케팅팀 오상욱 여인영 ㅣ 경영지원팀 김은주 김동희

펴낸곳 뜨인돌출판(주) ㅣ 출판등록 1994.10.11(제406-251002011000185호)
주소 10881 경기도 파주시 회동길 337-9
홈페이지 www.ddstone.com ㅣ 노빈손 www.nobinson.com
대표전화 02-337-5252 ㅣ 팩스 031-947-5868

ⓒ 2013 신동훈, 이우일
'노빈손'은 뜨인돌출판(주)의 등록상표입니다.

ISBN 978-89-5807-485-4 03810
(CIP제어번호 : CIP2013022526)

어린이제품안전특별법에 의한 제품표시	
제조자명 뜨인돌	**전화번호** 02-337-5252
제조국명 대한민국	**주소** 경기도 파주시 회동길
사용연령 만 8세 이상 어린이 청소년 제품	337-9

노빈손과
상하이 비밀결사단

신동훈 지음 **이우일** 일러스트

뜨인돌

　우리나라가 가장 많이 거래하는 나라가 중국이라는 사실, 노빈손 독자들이라면 모두 알고 있겠죠? 세계 최대의 인구대국이 바로 옆에 자리 잡고 있다는 사실은 우리에게 큰 이득이 될 수 있어요.

　그동안 우리나라 기업들은 간단하게 만들 수 있는 물건들을 중국의 공장에 맡겨서 싸게 만들었고, 비싼 물건은 직접 만들어서 중국에 내다 팔곤 했어요.

　문제는 지금부터예요. 과연 중국이 옛날의 중국일까요? 이제는 중국의 경제력이 너무너무 커져서 우리한테 엄청난 영향력을 행사하기 시작했어요. 게다가 중국은 군사대국이기도 하죠. 앞으로 우리가 현명하게 대처하려면 중국에 대해 잘 알아야 해요.

　이럴 때 필요한 게 역사예요. 그동안 중국과 우리가 어떻게 지내왔는지에 대한 기록이 바로 역사거든요. 한번 살펴볼까요?

옛날에 수나라가 우리를 침략했고 고구려가 이를 막아냈지요. 반면 신라가 한반도를 통일할 때는 당나라와 손을 잡아 나당연합군을 결성했어요. 이후 원나라는 고려 때 우리나라를 침공했고요. 임진왜란 때 명나라가 우리를 도와주긴 했지만, 청나라 때는 우리 땅을 침략해서 병자호란을 일으켰지요. 또 6·25 전쟁 때는 중공군이 북한 편을 들었고요. 참 복잡하죠? 중국은 우리를 침략하기도 했고, 도와주기도 했어요. 물론 침략한 경우가 더 많았지만요.

하지만 최근의 역사는 좀 달라요. 특히 아시아의 여러 나라들이 강제로 서양에 문을 열어야 했던 개항기의 역사를 보면 우리나라와 중국이 공유하는 부분이 많아요. 두 나라 모두 서양의 무력과 경제력 앞에서 두 손 두 발 들 수밖에 없었으니까요. 그러다 결국 일본에 침략당한 것까지 똑같죠. 서로 비슷한 경험을 겪은 만큼, 이 시기가 우리에게 중요한 힌트가 될 수 있지 않을까요?

지금부터 우리 독자들에게 들려 드리려는 이야기는, 우리와 중국이 공유하고 있는 개항기의 역사예요. 무대는 상하이고요. 우리나라와도 비슷한 부분이 많기 때문에, 이때 한국은 어떠했는지 틈틈이 생각해 가면서 읽어 봐도 좋을 것 같아요.

자, 이제 노빈손과 함께 격변기를 맞은 중국 상하이의 어느 하루로 들어가 볼까요.

신동흔

노빈손

자기부상열차를 타다가 갑자기 20세기 초의 상하이로 환승된 우리의 주인공. 쑨원을 구하기 위해 인력거도 끌었다가 사자춤도 추다가 동분서주한다. 노빈손은 과연 격동의 상하이에서 무사히 쑨원을 지켜낼 수 있을까?

동동

노빈손의 친구. 아버지 대신 인력거를 끌고 있다. 상하이 빈민촌에서 태어나 자랐지만 심성이 무척 착하며 자신보다 아버지의 건강을 더 걱정하는 효자. 상하이의 밤거리 폭력배들에게 아무리 괴롭힘을 당해도 꿋꿋하게 자기 갈 길을 간다.

쑨원

신해혁명의 아버지. 혁명이 성공한 후 난징에서 임시 대총통에 취임했으나, 혁명을 지키는 것이 더 중요하다는 생각에 위안스카이에게 총통 자리를 넘겨 준다. 이후 쫓기는 신세가 되어 상하이로 숨어든다.

쌍칼

상하이에서 악명 하나로 살아가는 인물. 상대방이 맨손으로 싸울 때도 무기를 들고 달려드는 것을 부끄러워하지 않는다. 쌍칼이라는 별명은 두 손에 칼을 들고 다녀서 붙은 것이 아니라, 얼굴에 칼자국이 두 개여서 붙었다.

황비홍

'불산의 황비홍'이라 불리는 무술 고수. 발차기가 너무 빨라 발의 그림자조차 보이지 않는 필살기 '무영각'을 구사한다. 쑨원과 같은 광동 출신으로, 신해혁명이 실패할 조짐을 보이자 무술 교육에 전념하고자 상하이에 왔다가 쑨원과 만난다.

장소림

소림사에서 무술을 익히다가 속세로 나온 파계승. 청부 폭력이나 요인 암살 등의 일을 마다하지 않으며, 돈이 된다고 하면 상대가 아무리 중요한 인물이라도 개의치 않고 방아쇠를 당긴다. 위안스카이가 지시하는 '더러운' 일들을 처리해 주면서 베이징의 중앙 무대로 진출할 기회를 호시탐탐 노리고 있다.

차례

프롤로그

1913년 3월 20일 오후 3시 15분, 열차 안

"이번 역은 종착역인 상하이, 상하이 역입니다."

덜컹, 끼익……. 달리던 기차가 바퀴와 레일이 맞부딪치는 마찰음을 내며 멈췄다.

쑨원(孫文)은 일어서지 않고 객실에 그대로 앉아 있었다. 사람들 앞에 선다는 것이 영 내키지 않았다. 혁명에 성공하고 난징에 정부를 세웠건만, 석 달도 안 되어 베이징의 군벌 위안스카이에게 모든 것을 넘기고 난징을 빠져나온 몸이었다.

그가 이끄는 '흥중회(興中會)'는 군벌 세력에 비하면 군사력이나 경제력이 훨씬 미약했다. 청나라를 타도하자고 일어선 신해혁명은 성공했지만, 사대부 세력들은 입헌군주제를 원했다. 지방에서는 군벌들이 군사를 키우며 세력을 확장하고 있었다. 혁명은 전혀 예상치 못한, 엉뚱한 결과를 불러왔다.

결국 쑨원은 난립하는 군벌들과 맞서기 위해, 청나라의 최대 군벌 세력인 위안스카이와 손을 잡았다. 하지만 위안스카이가 끊임없이 총통 자리를 원했기에, 쑨원은 그 자리를 내어주고 백의종군하는 처지가 됐다. 머지않아 위안스카이가 임시 총통 자리에 앉을 것이고, 다시 선거를 거쳐 합법적인 총통이 될 것이다. 그 자리면 자신의 정치적 야욕을 위해 어떤 흉악한 짓도 서슴지 않을 것이다.

'무슨 낯으로 연단에 올라 연설을 한다는 말인가.'

그는 도망치듯 상하이로 숨어든 자신의 처지가 서글펐다. 위안스카이가 있는 베이징이나, 혁명의 터전이었던 난징 모두 안전해 보이지 않았다. 그가 안전하게 지낼 수 있는 곳이 외국인들이 지배하는 상하이뿐이라는 사실이 아이러니컬했다.

쑨원은 상하이 항구를 거쳐 일본으로 갈 계획이었다. 혼란한 국내 정세를 피해 해외에서 세력을 모으면 훗날을 도모할 수 있으리라. 다행히 일본에는 아직 그를 따르는 충직한 사람들이 있었다.

수행원이 쑨원을 재촉했다.

"이제 내리셔야죠. 선생님을 기다리는 사람들에게 얼굴은 보이셔야 합니다."

"정녕 그래야 한단 말인가? 내가 무슨 이야기를 할 수 있겠는가."

"그렇다고 그냥 빠져나갈 수도 없습니다. 대중들이 선생님을 보고 싶어 합니다. 이럴 때 얼굴을 알리셔야죠. 이대로 잊히는 게 더 위험하다는 걸 아시지 않습니까."

"혼자 나가야 하나?"

쑨원은 연단에 서야 할 사람은 자신이 아니라고 생각했다. 대도시인 상하이의 시민들 앞에 처음으로 선을 보이는 자리인데, 국민당에서 아무런 자리도 맡지 못하고 백

 쑨원은 누구인가

중국 혁명의 선도자이자 정치가(孫文, 1866~1925년). 중국에서 최초로 공화제를 도입한 '신해혁명'을 주도했다. 그의 정치 이론은 '삼민주의'(민족·민주·민생)로 요약된다. 위안스카이에게 밀려난 뒤 여러 차례 망명 생활을 하며 일본에서 지내기도 했다. 이후 상하이에서 중국 국민당을 만들어 북벌군을 일으켰으나, 이듬해 베이징에서 사망했다. 대한민국 임시정부를 지원한 공로로 건국훈장 대한민국장을 받았다.

의종군하는 처지인 자신은 적합하지 않았다. 그보다는 선거를 통해 당당히 당 대표로 선출된 쑹자오런이 적격이었다.

더구나 쑹자오런은 자신을 지켜 줄 유일한 정치적 바람막이이기도 했다. 비록 한때는 혁명의 주도권을 놓고 대립했지만, 그는 함께 혁명을 완수한 동지다. 하지만 군벌 출신인 위안스카이는 다르다. 그라면 총통 자리를 차지하기 위해 어떤 음모를 꾸미고 있을지도 모른다. 쑨원은 쑹자오런에게 연설을 맡겨야 한다고 생각했다.

"쑹자오런 동지에게선 아무 연락이 없나? 공식 직함을 가진 그 친구가 연설을 하는 것이 순리일 듯한데."

"그렇지 않아도 기별을 해 뒀습니다. 지금쯤 광장에 도착했을 것입니다. 그리고, 광둥 성 불산에서 온 황 사부도 선생님을 기다리고 계십니다."

"아, 황비홍 사부 말인가! 고향에서 유명한 분이 오셨다니 한결 위안이 되는구먼. 반갑기도 하고."

황비홍과 쑨원 두 사람은 광둥 출신으로 고향이 같았다. 쑨원은 수행원과 대화를 주고받으며 사람들이 기다리는 역 앞 광장으로 나갔다.

위안스카이가 구한말의 원세개라고?

위안스카이는 한자를 그대로 읽어 '원세개'라고도 불리는 인물이다(袁世凱, 1859~1916년). 고종 시절 청나라의 총리교섭통상대신으로 조선에 부임해 우리나라 국정에 노골적으로 간섭했으며, 청일전쟁에서 패한 뒤에야 중국으로 돌아갔다. 이후 일본에게 진 경험을 되살려 중국에서 서양식 군대를 육성했고, 이를 기반으로 정치권력을 넘봤다. 신해혁명 직후 황제를 몰아내는 데 군사력을 지원했으며, 이를 빌미로 쑨원 대신 중화민국의 총통 자리를 차지했다. 이후 황제가 되려고 했으나, 사람들의 반발로 실패했다.

광장은 밀려드는 사람들로 발 디딜 틈이 없었다. 이미 며칠 전 성마른 봄꽃들이 꽃망울을 터뜨렸지만, 옷깃 속으로 파고드는 바람에서 온기는 느껴지지 않았다.

역 광장에는 높은 연단이 마련되어 있었다. 곳곳에서 수군대는 소리가 들렸다.

"누가 오나?"

"못 들었어? 쑨원 총통이 상하이에 도착했대!"

"에이, 총통 자리에서 물러났잖아. 그러니까 전(前) 총통이지. 곧 위안스카이가 총통이 될 거라던데."

"위안스카이가 무슨 총통이야. 누가 뽑아 준대? 다 쑨원이 자리를 깔아 준 거잖아. 쑨원에게 군사력이 없다 보니 어쩔 수가 없어서 그렇게 된 거야."

"인물은 훤칠하게 잘생겼을까?"

"여기 앉아서 얼굴이 보이기나 하겠어?"

아침 댓바람부터 몰려든 사람들은 연단 가까이에 앉으려고 서로 다퉜다. 조금이라도 가까운 곳에서 쑨원의 얼굴을 보고 목소리를 듣고 싶어 하는 사람들이었다.

쑨원은 신해혁명의 '스타'였다. 당·송·원·명·청까지, 황제 한 사람이 다스리기 때문이었는지 나라 이름이 온통 글자 한 자였던 중국이다. 그런데 신해혁명 이후 국민의 대표자가 다스리는 '중화민국'이라는 나라가 떡하니 세워졌다. 그 혁명의 주인공이자 중화민국의 초대 총통이 바로 쑨원이었다.

정나라 백성으로 살아도 중화민국 국민으로 살아도 삶에 큰 변화는 없었지만, 쑨원이라는 이름은 중국인들의 머리에 또렷이 각인됐다. 그 쑨원이 상하이에 온다는 것만으로도 사람들의 가슴은 벅차올랐다. 총통에 오른 지 불과 석 달도 못 되어 스스로 물러난 그였지만, 백성들은 자세한 내막을 알지 못했다. 오로지 그를 볼 수 있다는 것이 중요했다.

1913년 3월 20일 오후 3시 15분, 상하이 역 근처 찻집

"열차가 도착한 것 같습니다. 사람들이 이렇게 모여 있는 것을 보니 쑨원이 연단에 오를 게 틀림없습니다. 우리 연락원으로부터, 분명히 오늘 그가 상하이행 기차에 탈 것이라는 기별을 받았습니다."

상하이 역 앞의 커피 하우스. 이곳에도 쑨원을 기다리는 사람들이 있었다. 버버리풍의 트렌치코트를 걸치고 바 카운터에 설치된 전화를 받고 있는 것은, 상하이의 밤을 주름잡는 '쌍칼'이었다. 목소리가 낮게 깔린 걸로 보아 뭔가 중요한 대화를 주고받는 듯했다.

"예, 조금 멀지만 이곳에서 보입니다. 아직 아무도 연단에 오르지 않았습니다. 조금 있다가 연설이 시작되겠죠. 맨 앞줄에 자리

 중국의 비밀결사단, 흥중회(興中會)

쑨원이 1894년 하와이 호놀룰루에서 광둥 출신 화교들을 모아 만든 중국 최초의 근대적 비밀결사단체. 만주족과 청 왕조를 몰아내고 민주적인 국가를 건설하는 것을 목표로 삼았다. 반청 비밀 결사조직 및 세계 각지의 화교들과 연계해 일본 요코하마와 미국 샌프란시스코 등지에 분회를 설립했으며, 1905년에는 화흥회 등 여러 혁명 단체들을 모아 중국혁명동맹회를 결성했다.

를 잡아 뒀습니다. 연단에 오르는 순간 죽은 목숨이라고 보면 됩니
다. 염려 마십시오."

전화를 끊고 돌아서는 그의 왼쪽 눈 아래에 10센티미터 길이의
칼자국이 길게 그어져 있었다. 오른쪽 입 근처에도 작은 칼자국이
있었다. 그는 얼굴에 칼자국이 두 개 있어 '쌍칼'이라는 별명으로
불렸다.

쌍칼이 자리로 돌아오자, 역시 트렌치코트에 중절모자를 쓴 세
사람이 보스에게 인사하듯 자리에서 잠시 일어섰다가 이내 다시 앉
았다. 쌍칼의 수하들인 '삼인방'이었다. 옆 자리에 앉은 사람들은

가급적이면 이들과 눈을 마주치지 않으려 했다. 휘파람을 불며 가게로 들어서던 한 중년 사내는 마침 이들이 일어섰다가 앉는 것을 보고선 슬금슬금 뒷걸음질을 치더니 가게를 빠져나갔다. 상인들도 거리에서 이들을 보면 가급적 눈을 마주치지 않았다. 잘못해서 트집이라도 잡히면 자릿세를 올려라, 가게를 빼고 싶냐 등등 온갖 괴롭힘을 당할 것이 뻔했기 때문이다.

쌍칼은 품에서 흰색 광목천에 둘둘 만 뭉치를 꺼내 탁자 위에 올려놓았다. 옆에 있던 찻잔이 잠시 달그락거렸다. 광목천 틈으로 슬쩍 보이는 것은 분명 총구였다.

"어떻게 할 계획이야?"

"연단 맨 앞에 이미 자리를 잡고 앉아 있습니다. 물건만 앞으로 전달하면 됩니다."

"직접 갖고 들어가려고?"

"아닙니다. 인파 틈틈이 사람들을 앉혀 놓았습니다. 제가 맨 뒤에 있는 자에게 건네주면 차례차례로 전달되어서 받게 돼 있습니다. 형님은 여기서 지켜보시기만 하면 됩니다."

"그러다 전달이 안 되면 어떡하려고?"

"저희 세 명이 인파 속으로 들어가 감시를 할 것입니다. 청중 속에 숨어 있으면 안 보입니다. 일을 맡은 사람들은 자식에 부모들까지 우리가 쫙 꿰고 있기 때문에 우리 말을 거역하지 못하는 자들입니다. 설사 잡힌다고 해도 우리 이름을 대지는 못할 것입니다."

쌍칼은 흡족한 미소를 지었다. 얼굴 근육이 움직이자 눈 아래 칼자국이 더욱 흉측하게 일그러졌다. 쌍칼이라는 별명에 어울리는 사악한 얼굴이었다.

1913년 3월 20일 오후 3시 30분, 상하이 역 앞 광장

"이제 여러분은 새로운 시대를 맞았습니다. 우리 중국이 왜 발전을 못하고 있습니까. 그것은 청나라 조정이 무능하기 때문입니다. 그들은 백성보다 황실의 안전만을 생각하고 있습니다. 서구의 열강들은 모두 의회에서 국민의 뜻에 따라 나라의 일을 결정합니다. 그것이 바로 공화정입니다. 나라의 주인은 황제 한 명이 아닙니다. 바로 여러분 한 사람 한 사람이 이 중국을 이끌어 가는 주인공들입니다. 우리도 민주 정부를 수립해야 합니다."

연단에서는 연설이 한창이었다. '조정', '황제', '민주 정부' 등등, 얼마 전까지 함부로 입에 올리지도 못했던 말을 들으며 사람들은 '정말 세상이 바뀌었구나' 하고 생각했다. 연단 앞에서 서너 줄 정도 떨어진 곳에 앉아 있던 남자 세 명이 대화를 주고받았다.

"쑨원 총통 참 잘 생겼구먼, 연설도 잘하구."

"내 저렇게 시원한 연설은 태어나서 처음 듣는구먼. 나라의 근본은 백성이라! 민주주

🏮 신해혁명이란 무엇인가?

힘을 잃은 청나라가 서양 세력이 하자는 대로 하는 꼭두각시가 되자, 사람들의 마음 속에 새 나라를 만들어 보자는 혁명의 기운이 싹트기 시작한다. 1911년 10월 10일, 청나라가 철도를 외국의 손에 넘기려 하자 정부에 화가 난 군인들이 혁명파와 손잡고 봉기를 일으킨다. 혁명의 물결은 순식간에 전국으로 번졌고, 그 결과 중국의 대부분이 청나라로부터 독립하여 1912년 쑨원을 임시 대총통으로 하는 중화민국을 세웠다. 중국에 2천 년 동안 존재했던 황제를 없애버린 이 사건을 신해혁명이라고 한다.

의가 그런 것이었어."

"공자님 말씀이야 누가 못 할까. 힘이 있어야 혁명도 하는 거야.
돈 많은 군벌들이 윗자리 꿰차고 앉았는데, 잘 돌아가겠다. 쑨 총통
도 밀려나서 이리로 온 거라고."

"아니, 이 사람 못 하는 소리가 없네. 쑨 총통이 뭐 어쩌고 어째?
밀려나?"

"허허, 왜 이러나, 한 대 칠 기세일세."

"거, 이보슈들, 연설 좀 들읍시다. 그렇게들 싸우니 우리 중국이
발전을 못 한다는 이야기를 지금 하고 있지 않소."

싸우던 두 사람은 머쓱해졌다. 사람들은 연단에서 들려오는 연설
한마디에 웅성웅성하다가도 이내 조용해지면서 마이크 소리에 귀
를 기울였다. 글자깨나 읽었다는 이들은 자기들끼리 한 귀퉁이에서
논쟁을 벌이다가 다른 사람들에게 핀잔을 듣기도 했다. 그렇게 한창
연설이 고조되고 있을 무렵이었다.

탕, 탕!

화약 터지는 소리가 짧고 강하게 두 번
울렸다.

무슨 소리지?

어리둥절해진 사람들은 누군가 폭죽을
잘못 터뜨렸나 두리번거렸다. 그때였다. 연
단 위의 인물이 가슴 한쪽을 움켜잡고 쓰러
졌다. 총성이었던 것이다.

**대한민국 건국훈장을
받은 쑹자오런**

중국의 혁명가 쑹자오런(宋教仁,
1882~1913년). 후난 성 사람으로,
신해혁명 이후 생겨난 정당인 국
민당에서 이사장 대리를 맡았다.
쑨원이 물러난 이후 정당 내각제
를 만들어 임시총통 자리에 오른
위안스카이를 견제하려 했으나,
1913년 상하이 역에서 자객이 쏜
총에 맞아 숨졌다. 대한민국 임시
정부를 지원한 공로가 인정되어
건국훈장 대통령장을 받았다.

도대체 어디서 총알이 날아온 것일까. 대부분은 주위에 신경 쓸 겨를도 없이 연단만 쳐다보고 있느라 무슨 일이 벌어졌는지도 몰랐다. 아주 짧은 정적이 흐르는가 싶더니, 순식간에 광장이 아수라장이 됐다. 총은 연단 바로 앞에서 쏜 것 같았다. 그렇지 않다면 저토록 정확하게 복부를 명중시킬 수 없었을 것이다. 혼비백산한 군중은 이리 구르고 저리 뛰었다.

그렇게 격변기 중국의 하루가 지나고 있었다.

청나라의 몰락

지금으로부터 약 백오십 년 전, 동양과 서양이 본격적으로 만나서 맞부딪치기 시작했던 근대에는 온갖 변화가 세계 곳곳에서 한꺼번에 일어났어. 조선에서 동학농민운동이 일어나고, 미국에서는 남북 전쟁을 벌이고, 일본에서는 정부를 바꾸는 등 그야말로 대혼란기였지.

그때 중국에서는 무슨 일이 있었을까?

■ 영국은 왜 중국에 아편(마약)을 팔았나

2300여 년 이어 온 중국 왕조는 1911년에 일어난 신해혁명으로 끝나게 돼. 하지만 중국의 왕조, 즉 청나라의 몰락은 사실 '아편 전쟁'에 패하면서 시작되었다고 봐야 해. 청나라가 원하지 않았던 서양과의 만남을 통해 새로운 시대가 열린 거지.

아편 전쟁은 지금으로부터 170여 년 전인 1840년에 중국(청나라)과 영국이 벌인 전쟁이야. 이 전쟁에서 패배한 중국은 홍콩을 비롯하여 다섯 개 항구를 개방하는 조약을 맺게 되었어. 그로 인

아편을 피우는 사람들

해 중국은 서구 열강에 문을 열게 되지. 영국에서는 아편 전쟁을 '영중 전쟁'이라고 불러. '아편'이라는 말은 쏙 빼놓고 말이야. 영국 입장에서 생각하면 한 나라를 상대로 마약을 팔겠다고 전쟁을 벌였으니 부끄러울 만도 하지.

반면, 중국 사람들은 이 전쟁을 이야기할 때 아편이라는 말을 빠트리지 않아. 중국이 지금도 마약 사범에게 사형을 선고할 정도로 마약에 엄격한 것은, 이 아편 때문에 자신들이 큰 피해를 봤다는 생각을 갖고 있기 때문이야.

왜 영국은 중국에 아편을 팔려고 했을까?

바로 경제적인 이유 때문이지. 당시 영국은 중국에서 유럽으로 들어오는 비단과 차, 도자기의 최대 소비국이었어. 도자기가 영어로 차이나(china)인 것만 봐도 알 수 있지. 그중에서도 특히 차를 마시는 문화가 영국에서 유행이었어. 그 결과, 차와 도자기를 사들이느라 해마다 어마어마한 양의 은이 중국의 주머니 속으로 들어갔지 뭐야. 나날이 영국의 무역 적자가 쌓여 갔지. 반면 중국 사람들은 서양 물건에 별로 관심이 없었어.

그러자 영국은 비겁한 선택을 했어. 인도에서 재배한 아편을 몰래 청나라에 가져다 판 거야. 아편은 값이 비쌌기 때문에 부유한 고위층이나 군인, 관료들부터 빠져들기

▶ 비슷한 시기, 세계에서는 무슨 일이?

조선
(1893~1895년)

탐관오리의 횡포를 참다 못한 농민들이 동학농민운동으로 들고 일어났다.

시작했지. 아편에 취한 나머지 국민들의 정신 상태가 흔들리고, 막대한 양의 은이 국외로 흘러나가자 중국의 국가 경제가 휘청거릴 지경이 되었어. 당시 중국 인구가 3~4억 명이었는데, 아편 중독자만 2천5백만 명이었다는 통계도 있어.

사태가 이 지경까지 가게 되자, 중국은 아편 거래를 막기 위해 고위 관료인 임칙서를 영국 상선이 들어오는 광저우로 파견해서 아편을 빼앗아 불태워 버리게 했어.

영국이 가만히 있었겠어? "중국 정부가 우리 수출품을 불태웠다"면서 화가 나 날뛰었지. 바로 아편 전쟁의 시작이야.

당시의 차나 아편 같은 수출입 물자는, 요즘으로 치면 자동차나 휴대전화 같은 주요 상품이 아니었을까. 생각해 보라구. 한국의 휴대전화나 자동차를 어느 나라로 수출했는데, 그걸 누군가가 항구에서 빼앗아 불태운다면 어떻게 되겠어.

■ 추악한 전쟁

영국 의회는 발칵 뒤집어졌어. 중국을 응징하기 위해 전쟁을 벌일 것인지를 놓고 열띤 토론이 일어났는데, 의견은 반반으로 나뉘었지. 이참에 오만한 중국에 본때를 보여 줘야 한다는 파가 있었던 반면에, 아무리 중요한 수출 물자라고 해도 그 상품이 아편이라는 것 때문에 양심의 가책을 느낀 의원들도 많았던 거야.

아편 전쟁

하지만 최종 투표까지 가서 내려진 결과는 찬성 271표 대 반대 262표. 단 9표 차이로 결정이 나고 말았어. 영국 의회의 절반 가까이가 반대한 전쟁이 근대 중국의 운명을 결정 짓는 사건이 된 거야.

전쟁은 싱겁게 끝났지. 전 세계를 호령하는 식민 대국을 건설한 빅토리아 여왕 시대

▶비슷한 시기, 세계에서는 무슨 일이?

미국(1861~1865년)
남북 전쟁이 일어나고 노예제가 폐지되었다.

의 영국과 '잠자는 사자'로 불리던 중국의 대결은, 이 사자가 이빨도 갈기도 다 빠진 힘없는 존재라는 것을 확인시켜 준 것에 불과했어. 청나라 왕조는 이미 부패해 있었고, 구식 무기로는 화포와 총으로 무장한 서구식 군대를 이길 수 없었어. 이 사건으로 인해 중국의 자존심은 회복할 수 없을 정도로 상처를 입게 되었지.

■ 중국이 패하다니… 충격에 휩싸인 민심

청나라는 어마어마한 충격에서 헤어나지 못했어. 중국 역사상 외국과의 전쟁에서 처음으로 패배한 것이었거든. 한마디로 수천 년간 이어져 오던 '중국 스타일'을 완전히 구긴 셈이지. 불과 얼마 전까지만 해도 온 세상의 중심이 바로 자신들이라는 생각에 빠져 있던 중국인들에

러시아
(1861년)

나라 안의 농노들을
해방시켰는데, 이들이
공장 노동자가 되어
사회주의 혁명의 바탕이
되었다.

게, 서양이라는 새로운 세상의 패자가 등장했음을 알린 일대 사건이었던 거야.

아편 전쟁 이전까지만 해도 중국은 서양인들을 오랑캐로 취급했어. 아무리 귀찮게 해도 대국(大國)인 청나라가 응해 주지 않으면 그만이라는 오만함이 극에 달했지. 심지어 빅토리아 여왕의 특사도 중국 황제를 만나지 못했어. 왜냐하면, 중국에서 황제를 알현하려면 반드시 '삼궤구고(무릎을 세 번 꿇고, 머리를 아홉 번 땅바닥에 댐)'를 해야 했는데, 서양 사람들에게는 도저히 받아들일 수 없는 요구였거든. 그 정도로 다른 나라를 깔보니, 영국 입장에서는 청나라의 문을 열려면 실력 행사를 하는 수밖에 없겠다는 생각을 하게 되었을지도 몰라.

백성들이 받은 충격도 컸어. 아편 전쟁의 패배로 인해 청나라 조정에 대한 불신감이 커졌고, 외세에 대한 적개심도 심해졌어. 이후 중국에서는 '태평천국의 난', '의화단의 난' 같은 민란과 혁명이 끊임없이 이어져. 아편 전쟁은 '근대 중국'의 치욕스런 출발점이었던 거야. 이후 서양 강대국들이 야금야금 중국에 들어오기 시작하면서, 중국이라는 나라는 갈기갈기 찢겨지지.

■난징 조약, 불평등한 개항 협상

영국군과 청나라군은 상하이 옆의 난징에서 조약을 맺었어. 홍콩을 영국에 넘겨주고, 상하이 · 닝보 · 푸저우 · 샤먼 · 광저우 5개 항구를 영국 상인들에게 개방한다는 내용의 조약이었지. 상하이라는 도시가 중국 역사의 전면에 등장하게 되는 순간이야.

그렇게 해서 영국인들이 상하이에 들어오게 됐어. 그들이 상하이에 거주하고 상업 거래를 하면서, 중국의 법이 아니라 영국 법에 따라 살 수 있는 '치외법권' 지역인 조계가 만들어졌지. 영국은 이곳에서 자기네 세금도 걷을 수 있었어. 즉 중국 땅 안에 작은 영국을 여러 개 만든 셈이야.

난징 조약은 중국을 세계 시장으로 끌어들임과 동시에, 중국을 절반 정도 식민지 상태로 만들었어. 이후 중국은 그동안 유지해 왔던 봉건 사회의 기초가 뿌리부터 흔들리게 돼.

아편 무역을 빌미로 일어난 전쟁이지만, 난징 조약에는 아편에 대한 이야기가 한 줄도 없어. 모두 중국의 항구를 개항하라는 이야기 밖에 없었지. 이것만 봐도 이 조약이 경제적으로 중국의 시장을 노리고 있었다는 사실을 알 수 있지. 서양 상인들은

▶비슷한 시기, 세계에서는 무슨 일이?

일본 (1854 ~1889년)

강제로 나라 문이 열려 서양 문물을 접한 후 기존 정부를 무너뜨리고 입헌군주제를 세웠다.

홍콩을 포함하여 여섯 개의 항구를 근거지로 삼아 중국이라는 커다란 시장에 들어갈 수 있게 된 거야. 요즘으로 치면 자유무역협정(FTA) 같은 것이라고나 할까. 물론 워낙 불평등한 조약이었기 때문에 FTA와 같다고 보기는 힘들지만.

아 참, 아편 무역은 그래서 중단되었냐고? 천만의 말씀. 영국의 아편 수출은 1917년까지 계속돼. 1917년에는 중국이 영국과 함께 연합국의 일원으로 1차 세계대전에 참가하게 되는데, 그제야 영국은 중국의 요구를 받아들여서 중국으로 아편을 수출하는 행위를 그만두었어. 하지만 중국의 경제는 이미 피폐해질 대로 피폐해지고 난 후였지.

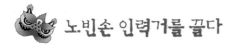# 노빈손 인력거를 끌다

노빈손은 상하이 푸동 공항에서 출발하여 룽양루 역으로 향하는 자기부상열차에서 내렸다. 전 세계에서 최초로 상용 운전에 성공한 초고속열차다. 시속 400킬로미터나 되는 최고속도를 자랑하며, 승용차로 1시간을 달려야 하는 거리를 15분 만에 주파한다. 공항과 시내를 오갈 때 이만한 교통수단이 없었다.

기차에서 내리니 약간 어지러웠다. 멀미인가 생각하며 택시 정류장으로 향했다.

'이런 적이 없는데 오늘은 왜 이렇게 어지럽지?'

역 앞 승강장에 가 보니 택시가 없었다. 불법으로 영업하는 오토바이나, 자전거를 개조해 뒤에 좌석 두 개짜리 수레를 붙인 인력거뿐이었다. 그들은 "라이, 라이" 하며 호객을 하다가도 공안경찰이 나타나면 순식간에 사라지곤 했다. 오늘도 10여 대가 넘는 인력거들이 역 앞에 기다랗게 줄을 서 있었다.

지금은 비록 불법 신세가 되기는 했지만, 인력거는 상하이의 역사만큼이나 오래된 명물이다. 상하이의 인력거는 원래 마땅한 교통수단이 없던 시절, 손님 한두 명을 태우고 다니던 수레에서 시작됐다. 요새의 인력거는 전기모터가 달린 자전거에 수레를 달아 택시의 기본요금 거리 정도는 거뜬하게 다닌다.

노빈손은 계속 기다렸지만 택시가 오지 않았다. 그냥 인력거나 타고 갈까 하는 생각이 들 때쯤이었다.

가만히 보니 사람들의 옷차림이 좀 이상했다. 날이 더워서 그런지 웃통을 벗어 던진 이도 있었고, 맨발로 인력거를 끄는 사람들도 보였다. 게다가 대부분이 바지통이 넓은 중국식 바지에 저고리 차림이었다. 명절도 아닌데 전통 복장 차림의 사람들이 많은 것이 오늘따라 유난스러웠다.

그때 누군가 큰 소리로 외쳤다.

"이보게, 빨리 와이탄으로 가세!"

동시에 낯선 사내들이 노빈손의 손을 잡아챘다. 우악스런 힘에 이끌린 노빈손의 양손에 턱하니 뭔가가 쥐어졌다. 인력거 손잡이였다. 뒤이어 중년 사내가 좌석에 올라탔다.

"이보시오, 대머리 총각, 출발 안 할 거요?"

왈칵 울화가 치밀었다.

"지금 누구보고 대머리라는 거예요?"

쏘아붙이면서 뒤돌아본 순간, 버버리 코트 차림의 남자 세 명이 노빈손과 인력거를 향해 달려드는 것이 보였다. 본능적으로 몸을 피하자, 그 서슬에 인력거가 구르기 시작했다. 물론 인력거를 끌고 있는 것은 노빈손 자신의 손이었다. 일단 위험은 피하고 봐야 한다는 생각에 절로 발이 움직였다.

"대머리 총각, 여기는 우리에게 맡기고

자기부상열차
전기로 발생시킨 자력을 이용해 차체를 레일에서 낮은 높이로 부상시켜 달리는 열차. 바퀴가 없기 때문에 마찰 저항이 거의 없고 낮은 동력으로 높은 속도를 낼 수 있다. 진동과 소음도 거의 없어 쾌적하다. 독일(트란스라피드)과 일본(JR자기부상철도)에서 가장 먼저 개발을 시작했다. 중국 상하이에 있는 자기부상열차는 독일이 개발한 트란스라피드로, 세계에서 가장 먼저 상용화됐다.

그 분을 안전한 곳으로……! 부탁하네!"

　노빈손에게 인력거를 맡긴 남자들은 그렇게 외치고는 버버리맨
들에 맞서 싸우기 시작했다. 뒤에 탄 사람에게 무슨 사연이 있는지
모르지만, 이런 상황에선 일단 벗어나는 것이 상책이었다. 노빈손은
앞뒤 생각할 것 없이 달리기 시작했다. 인력거는 상상 이상으로 무
거웠다.

　"헉, 헉… 잠깐만, 그런데 왜 내가 이걸 끌고 있는 거지?"

　가만히 생각하니 이게 뭐하는 짓인지 은근히 화가 났다. 숨도 차
고 해서 좀 쉴 겸 인력거를 세웠다.

"헉, 헉. 아저씨, 대충 여기서 내리시면 어때요?"

"와이탄으로 좀 가 주시게, 내가 지금 시간이 없어서 그러네."

"그러면 직접 걸어가시지 그래요?"

"상하이가 초행이라서……. 게다가 건강도 좋지 않고……."

사내의 말끝이 명확하지 않았다. 다급해 보이는 모습인데다 뭔가를 숨기고 있는 듯했다. 노빈손은 그제야 주변을 둘러보았다.

"그나저나 여기가 어디지?"

노빈손의 눈에 길 옆으로 꾸며진 큰 공원이 들어왔다. 공원 입구에는 '개와 중국인 출입금지'라고 크게 적힌 팻말이 서 있었다. 그 옆으로 누런 황토색의 물이 흐르는 황푸 강이 흐르고 있었다. 노빈손은 고개를 끄덕였다.

"아, 황푸 공원 입구였구나."

황푸 강의 물빛이 유난히 누렇게 보였다. 그를 지나치자 이윽고 와이탄이 나타났다. 오랜 역사를 자랑하는 호텔인 허핑판디엔 앞에 사람들이 붐비고 있었고, 난징루에선 거리의 악사들이 연주를 하고 있었다. 그런데 뭔가 허전했다.

"이상하다. 뭔가 있어야 할 것이 없는 것 같은데? 음?"

노빈손은 무심코 강 건너편으로 눈을 돌렸다. 동방명주 타워가 보이지 않았다. 분

중국인은 들어갈 수 없는 중국 공원?

황푸 공원은 서양인들이 상하이로 몰려들기 시작하자, 19세기 상하이에 들어선 최초의 공원이다. 유럽식 정원을 본떠 만들어졌다. 당시 '개를 데리고 들어와서는 안 된다, 오물을 버려서는 안 된다, 조계지 주민만 들어올 수 있다' 등등 여러 가지의 규칙이 있었는데, 언젠가부터 이것이 '중국인과 개 출입금지'라는 식으로 단순화되어 중국인의 처지를 상징하는 말로 쓰이기 시작했다. 현재는 상해인민영웅기념탑 등이 있는 시민공원으로 사랑받고 있다.

명 건너편에 있어야 할 건물들인 진마오타워, 세계금융센터……. 최신식 빌딩 중 어떤 것도 보이지 않았다. 강 건너에는 논과 밭이 펼쳐져 있을 뿐이었다. 노빈손은 입을 쩍 벌렸다.

"잠깐, 하루아침에 저 건물들이 모두 철거된 게 아니라면, 여기는 과거의 상하이인 거 아냐? 그렇다면……!"

그 순간이었다. 누군가가 노빈손의 다리를 뒤에서 세게 걷어찼다. 노빈손과 인력거가 동시에 앞으로 픽 하고 고꾸라졌다.

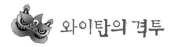

와이탄의 격투

누군가의 발에 걸려 넘어진 노빈손 위로 다짜고짜 발길질이 날아들었다.

"이런, 헉헉, 생쥐 같은 녀석! 어딜 도망가!"

아까 인력거를 공격했던 무리임에 틀림없었다. 노빈손이 엉겁결에 끌고 달아난 인력거를 쫓아오느라, 그들 역시 숨이 턱밑까지 차서 헉헉대는 기색이 역력했다. 영문도 모르고 맞을 수는 없는 노릇. 노빈손은 몸을 굴려 피했다.

도망갈 때 달리기만 좀 빠를 뿐이지, 노빈손은 굳이 분류하자면 '몸치'에 가까웠다. 그런데 이런 몸치의 특성이 공격을 피할 때 꽤나 유리했다. 뭔가 자세가 어설픈데도 움직임의 방향과 속도가 보통 사람과 다르다 보니 용케 주먹과 발길질을 피했다.

노빈손은 휘청휘청 쓰러질 듯하면서도 바닥에 넘어지지 않고 중심을 잡았다. 그때마다 입 밖으로 "이크!" "이크!" 하는 소리가 터져 나왔다. 신경 써서 들어 보면 놀라서 '어이쿠' 한 것인데, '어' 소리는 목구멍 깊숙이 들어가고 나머지 음절만 입 밖으로 나오면서 '이크, 이크'가 된 것이었다.

왼쪽으로 넘어지려던 노빈손이 몸의 균형을 잡느라 오른손을 크게 휘저었다. 그때 뭔가가 주먹 끝에 걸렸다. 퍽 하는 소리와 함께 오른 주먹이 얼얼해졌다. 물에 빠진 사람처럼 휘젓던 손에 누군가 정통으로 얼굴을 맞고 넘어진 것 같았다. 무슨 일이 벌어졌나 보려고 오른쪽으로 고개를 돌리는 순간, 왼쪽 뺨에 서늘한 바람이 불었다. 고개를 돌리는 바람에 얼굴을 향해 날아오는 발길질을 간발의 차이로 피했던 것이다.

'헐~ 저 발차기에 맞았다면……'

놀라는 바람에 오른쪽으로 몸이 비틀거렸다. 균형을 잡기 위해 왼손을 옆으로 뻗자 누군가의 발목이 손에 잡혔다.

"에라, 모르겠다!"

노빈손은 잡은 발목을 위로 집어던지듯 들어올렸다. 그러자 누군가가 나 죽는다는 듯이 비명을 질렀다.

그러면서도 노빈손의 한 손은 계속 인력

와이탄은 무슨 탄?
와이탄은 영어로 번드(Bund)라 불리는데, 강가나 해안가의 길을 뜻하는 말이다. 황푸 강을 끼고 강 서쪽 1.7킬로미터에 걸쳐 상하이의 옛 건물과 야경을 볼 수 있는 곳으로, 상하이 사진에서 결코 빠지지 않는 명소다. 과거 이 지역은 상하이에서 최초로 영국의 조계가 설치됐던 곳이다. 지금도 중국식 건물은 없고, 당시 유럽에서 유행했던 건축 양식으로 지어진 서양식 건물이 즐비하다.

거 손잡이를 잡은 채였다. 계속 손을 바꾸면서 인력거의 손잡이를
잡는 통에, 안에 앉은 손님은 차체의 흔들림에 속이 울렁거리는지
양손으로 입을 틀어막고 있었다.

이번에는 괴한 한 명이 인력거 지붕 위로 올라갔다. 노빈손은 손
잡이를 한껏 올렸다가 다시 힘껏 내리눌렀다. 그러자 인력거 지붕
위에서 손님을 향해 손을 뻗던 괴한이 "어이쿠" 하면서 땅으로 굴러
떨어졌다.

'저 자들이 노리는 것은 저 손님인 게 확실하구나! 아, 진짜 이게 무슨 일이야.'

인력거에 있는 손님은 좌석에서 내리지도 못하고, 오른쪽으로 왼쪽으로 위로 아래로 쏠렸다가 구르기를 반복하고 있었다. 하지만 바깥으로 나올 생각은 일절 없는 것 같았다.

'좀 도와주지, 참.'

"이야아압!"

쓰러졌던 괴한 한 명이 정신을 차리고 다시 달려들었다. 노빈손은 내리 누르고 있던 손잡이에서 힘을 뺐다. 반사적으로 올라온 인력거 손잡이가 괴한의 턱을 정확하게 가격했다. 괴한은 컥 하는 소리와 함께 턱을 부여잡고 바닥에 대굴대굴 굴렀다. 순식간에 노빈손 혼자서 세 명의 괴한을 쓰러뜨려 버린 것이다.

'아이고, 지금 내가 무슨 짓을 한 거야?'

노빈손은 괴한들을 넘어뜨리고 있는 자신의 모습이 낯설었다. 버버리맨들이 잠시 쓰러져 있는 틈을 타 자신의 두 손을 멍하니 바라보았다.

"오, 신이시여. 이것이 정말 제가 벌인 일입니까? 중국에 오더니 무술 고수가 된 건가? 에이, 그럴 리가. 그나저나 이 사람들은 도대체 어디서 온 거지? 아, 맞다 손님! 그 이상한 손님은 어디로 갔나?"

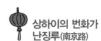

상하이의 번화가 난징루(南京路)

상하이의 주요 쇼핑센터들이 밀집한 가장 번화한 거리다. 상하이 사람들은 '중화제일로'라고 부른다. 현재는 동쪽과 서쪽을 기준으로 하여 난징동루와 난징시루로 나뉘어 있다. 1945년 이전의 난징루는 현재의 난징동루에 해당한다. 이 지역은 개항기 영국의 조계였으며, 현재 상하이 인민광장이 있는 중심에는 영국인들을 위한 경마장이 있었다고 한다. 당시에 난징루는 '중국 속의 작은 영국'이었다. '중국인 출입 금지'라는 팻말이 붙은 곳도 많았다.

고개를 돌려 인력거를 보니 사내의 모습은 이미 사라지고 없었다. 잠시 인력거가 멈춘 사이 황급히 자리를 뜬 모양이었다. 안에는 손님이 흘리고 간 듯한 두루마리만이 하나 떨어져 있었다. 언뜻 보기에도 꽤 값비쌀 듯한 물건이었다. 노빈손은 두루마리를 집기 위해 인력거 안으로 엉거주춤 손을 뻗었다. 그 순간 뒤통수에 아픔이 느껴지더니 한쪽 팔이 붙잡혀 뒤로 꺾였다.

"너 이 녀석, 잘도 우리를 골탕 먹였겠다. 이리 와!"

"잠깐만요!"

노빈손이 발버둥을 치자 괴한들이 움찔하며 멈췄다. 머리카락 숫자도 얼마 안 되고, 동작도 이상하고, 여러 모로 어설퍼 보이긴 했지만 순식간에 자신들을 넘어뜨린 상대였다.

버버리맨 중 누군가가 옆 사람에게 귓속말로 말했다.

"이 녀석은 무술 고수가 틀림없어요. 방심하기는 했지만 순식간에 '이크' '이크' 하는 소리를 내며 우리를 넘어뜨리다니."

"너는 어디 소속 인력거꾼이냐, 정체를 밝혀라!"

사내들의 목소리는 약간 떨리기까지 했다.

"저 인력거꾼 아닙니다. 그냥 학생이에요."

황푸 강은 흐르고

황푸 강은 상하이를 동과 서로 나누며 흐르는 강의 이름이다. 마치 한강이 서울을 남과 북으로 가르는 것과 같다. 서울이 강남과 강북으로 나뉘는 것처럼, 상하이도 황푸 강을 기준으로 동쪽은 푸동, 서쪽은 푸시로 불린다. 중국에서 세 번째로 큰 호수인 타이후에서 시작하여 전체 113킬로미터를 흘러간다. 상하이의 주요한 수원이며 아시아에서 가장 긴 강인 양쯔 강의 마지막 꼬리다. 그러니까 황푸 강은 양쯔 강과 합쳐진 뒤 곧장 바다로 흘러드는 셈이다.

"이 녀석이 지금 무슨 소릴 하는 거야? 발뺌하지 마. 뒤에 태운 사람이 누군지, 우린 다 알고 있어!"

"네? 저는 뒤에 태운 아저씨가 누군지 몰라요."

"누군지도 모르는 사람을 태워 줬다고?"

"아니, 그러면 인력거에 사람 태울 때 '안녕하세요, 성함이 어떻게 되세요, 몇 살이세요, 뭐하는 분이세요?' 이렇게 다 알아보고 태워요?"

노빈손이 반박하자 사내들은 머쓱한 표정을 지었다.

"그렇긴 하군. 하지만 인력거꾼의 사정을 잘 아는 걸 보니 역시 수상해. 인력거꾼 맞지?"

"허 참, 대학생이라니까요. 인력거꾼이 아니어도 그 정도는 알죠. 똥인지 된장인지 먹어 봐야 알아요?"

이 버버리맨 일당도 약간 덜떨어진 듯했다. 하지만 그게 문제가 아니었다. 뒷좌석의 손님을 놓친 분풀이를 노빈손에게 할 작정인지, 노빈손을 포위한 그들이 슬금슬금 거리를 좁혀 왔다.

"너 이 녀석, 아까는 얼떨결에 당했지만 이번에는 가만두지 않을 테다."

노빈손의 턱이 덜덜덜 떨리고 다리에 힘이 풀렸다. 한꺼번에 달려들면 꼼짝없이 당하게 된다. 이럴 때는 삼십육계 줄행랑을 놓는 것이 최곤데…….

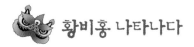 **황비홍 나타나다**

"멈추시오!"

그때였다. 어디선가 쩌렁쩌렁 울리는 목소리가 들려왔다.

"보아하니 고수들이신 것 같은데, 척 봐도 허약해 보이는 청년 하나를 가운데 놓고 뭐하는 것이오."

변발에 청나라식 옷을 걸친 건장한 체격의 중년 남자가 버티고 서 있었다.

'뭐라고? 내가 허약하다고?'

노빈손의 입이 톡 불거져 나왔다. 이 남자 역시 그렇게 썩 마음에 들지는 않는다.

"당신은 뭐야? 참견하지 말고 갈 길이나 가."

"허허, 이 사람들이 초면에 말꼬리부터 잘라 먹으시는구먼. 그래도 내가 연장자인데 존칭을 생략하다니……."

남자에게서 살짝 자존심이 상한 듯한 표정이 엿보였다.

"나는 불산에서 온 황비홍이라고 하오."

광둥 땅에 있는 불산은 무술의 본고장이지만, 소림사에 비해 그다지 알려져 있지 않다. 그런 황비홍을 상하이에서 알 리가 만무했다. 그의 말에 괴한들은 떨떠름한 표정을 지었다. 자기들끼리 눈빛으로 '이거 머리가 이상한 녀석 아냐?' 하고 물어보는 눈치였다.

"내 보기에 젊은 청년이 힘들게 일하는 것 같은데, 세 명이나 되는 고수들께서 겁을 주고 있는 것 아니오."

이 말과 함께 황비홍은 몸을 살짝 비틀어 왼손을 앞세우며 공격 자세를 취했다. 퍼더덕! 옷자락이 펄럭이는 소리가 났다. 무술 고수들만이 낼 수 있다는 바람을 가르는 소리였다. 괴한들은 움찔하며 겁먹은 듯한 표정을 지었다.

"잠깐, 그나저나 빨리 쑨원을 놓친 사실을 보고해야 하지 않아? 여기서 이러고 있을 시간이 없잖아."

괴한 중 한 명이 소리 높여 말하자 나머지도 맞장구를 쳤다.

"맞아, 여기서 시간을 끌면 안 되지. 빨리 쑨원의 행방을 찾아서 보고해야지."

그 말을 들은 순간 황비홍의 눈빛이 바뀌었다.

"이봐, 자네들 방금 뭐라고 했나. 쑨원? 쑨원이 왜?"

황비홍이 쑨원에 관심을 보이자 괴한들은 한층 더 겁을 먹은 듯 뒤로 물러섰다. 그때 괴한 중 하나가 인력거를 걷어찼다. 와지끈 하는 소리와 함께 노빈손이 잡고 있던 손잡이가 부러지자 순간 인력거로 시선이 쏠렸다. 괴한들은 그 틈을 타 자기들이 왔던 방향을 향해 달려가기 시작했다. 그중 누군가가 노빈손을 향해 소리쳤다.

"이봐, 너 우리가 봐 뒀어. 나중에 봐!"

"기다려!"

중국에선 '북경반점'이 호텔이라고?

중국에서 호텔을 지칭하는 말은 반점(飯店, 판디엔), 주점(酒店, 지우디엔) 등이다. 우리와는 달리, 반점이나 주점은 술과 음식도 팔지만 대부분 객실을 갖춘 호텔이다. 고급 호텔의 경우 대개 반점이라 불리는데, 경우에 따라 5성급 호텔이 주점으로 불리는 일도 있다. 그러니 중국에 여행 갔을 때 수십 층짜리 고층 빌딩에 커다랗게 '주점'이라고 쓰여 있어도 놀라지 말 것. 그건 술집이 아니라 호텔이니까.

황비홍이 외치더니 이미 서너 걸음은 앞선 그들을 향해 한달음에 뛰어 올랐다. 마치 공중부양을 한 것처럼, 한 번 허우적했을 뿐인데 그의 한쪽 발이 제일 뒤에서 달리던 괴한의 등짝과 어깨를 연달아 밟고 앞질렀다. 놀란 괴한이 좌우로 몸을 틀었지만, 황비홍은 마치 황새처럼 왼쪽 발로 서서 오른쪽 발을 좌우로 올리며 괴한의 갈 길을 가로막았다.

　이윽고 황비홍이 한 손으로 괴한의 목덜미를 움켜쥐었을 때, 나머지 괴한들은 벌써 사라진 뒤였다.

　"방금 쑨원이라고 했나?"

　"아니, 우리는 아무 말도 안 했다오."

　"분명, 쑨원이라고 하지 않았나?"

　"……"

　"쑨원은 조금 전 상하이 역에서 연설을 하다가 총에 맞아 쓰러졌을 텐데, 너희들이 왜 그 이름을 입에 올리는 거지?"

　"아, 저희는 쑨원은 모르구요. 오늘 아침에 총에 맞은 건 쑹자오런이라고 하던데요."

　"뭐라고?"

　상대의 말을 듣자, 황비홍은 순간 호흡이 멈춘 듯했다.

　'쑨원 선생께서 살아 계시구나!'

　쑹자오런에게는 미안하지만, 이 자의 말이 사실이라면 그보다 다행스러운 일은 없었다. 넋이 빠졌는지 상대를 움켜쥐고 있던 황비홍의 손아귀의 힘이 풀렸다. 괴한은 그 순간을 놓치지 않았다. 몇 걸음 뒤로 빼더니, 이내 일행이 간 방향으로 쏜살같이 달려갔다.

괴한을 쫓아가려던 황비홍은 생각이 바뀌었는지 노빈손을 향해 다가왔다.

"이보게, 왜 저 자들이 자네를 공격한 건가?"

"저야 모르죠……?"

노빈손은 말끝을 흐렸다.

"인력거꾼인가 보지?"

"아, 진짜 인력거꾼 아니라니까! 제가 어딜 봐서 인력거꾼이에요? 전 학생이라고요."

"그래? 자네의 인력거에는 누가 타고 있었나?"

"그냥 콧수염을 기른 중년 남자였는데 갑자기 사라졌어요."

노빈손은 일부러 천진난만한 표정을 지었다. 뭔가 궁금하거나 배가 고플 때 상대방의 호감을 얻기 위해 짓는 표정이었다.

"저기, 그런데 아까 성함이 황비홍이라고 하셨어요? 그 '무영각' 무술 한다는……."

황비홍이 반색했다. 그도 그럴 것이, 상하이에서 자신을 알아보는 사람을 만난 것이 처음이었던 것이다. 황비홍의 안에서 노빈손을 향한 호감이 급상승했다.

"오, 그래. 내 이름을 들어 봤는가? 나는

천하무적 황비홍
(1856~1925년)

청나라 말과 중화민국 초기의 무술가이자 한의사, 항일독립운동가. 개명하기 전의 이름은 황석상이다. 소림 계통 권법인 홍가권의 독보적인 후계자이자 명의로 활동하며 힘없는 민중들을 도운 것으로 유명하다. 아버지로부터 홍가권을 전수받았으며, 당대의 여러 고수들로부터 무영각, 취팔선권 등을 배웠다. 특히 사자춤의 명인으로 그가 한번 사자탈을 쓰면 사자가 살아 움직이는 것처럼 보여서 '사자왕'이란 별명이 붙었다. 지금까지 중국인들의 사랑을 받는 인물로서, 황비홍을 주인공으로 한 영화만 100편이 넘는다.

불산에서 온 황비홍이라고 하네."

　황비홍은 왼쪽 손바닥으로 오른손의 주먹을 감싸쥐며 정식 무도인식 인사를 선보였다. 영화보다는 훨씬 나이가 들어 보였지만, 황비홍이라는 이름은 왠지 친근하게 느껴졌다.

　'그런데 왜 이 사람이 나타난 거지?'

　노빈손은 고개를 갸우뚱거렸다.

　사실 황비홍은 상하이에서 쑨원을 만나 그의 해외 망명을 돕기로 되어 있었다. 하지만 상하이 역 안으로 들어서기도 전에, 황비홍은 광장에서 쑨원이 총탄에 맞아 쓰러지는 것을 목격했다. 그 후 총소리에 놀라 광장을 빠져나오는 인파에 떠밀려서 와이탄까지 왔고, 여기서 괴상한 추격전이 벌어지는 것을 발견했던 것이다.

그런데 총에 맞은 사람이 쑨원이 아니라 쑹자오런이라니, 황비홍의 마음에 한 가닥 희망이 생겼다. 위험한 순간을 자신이 정리할 수 있었던 것도 그렇고, 이 만남은 우연이 아니라는 생각이 들었다.

'진정한 고수는 위험한 상황에 나타나야 하는 법!'

상하이 역에서 사라진 중산(쑨원의 호) 선생과 이 청년 사이에 뭔가 인연이 이어져 있을 거라는 강한 예감이 들었다. 게다가 멀리서 보긴 했지만 청년이 휘청거리며 사람들을 쓰러뜨리던 것을 생각하면 뭔가 비밀을 숨기고 있는 것 같았다.

"이보게 청년, 중산 선생은 어디로 가셨나? 자네와는 어떻게 되는 사이인가?"

"왜들 그걸 나한테 물어요? 정말 모른다고요. 중산 선생이 누군지도 모르고요."

"자네 어디 출신인가?"

"서울에서 왔죠."

"서울이 어디지?"

그 말을 들은 노빈손은 자신이 과거의 중국에 와 있다는 것을 기억해 냈다.

"아차, 지금으로 따지면 한양이에요. 조선 사람이거든요."

"조선이라! 역시 자네가 구사한 무술은

한국의 자존심, 택견

한국의 전통 무술이다. 독특한 리듬으로 스텝을 밟으며 다리걸기, 발차기, 던지기 등으로 공격한다. 대한민국 중요무형문화재 76호로 등록돼 있으며, 낚시걸이, 날치기, 덧걸이, 발따귀 등 손보다는 발을 주로 사용해 상대방을 제압한다. 세계 무술 가운데 최초로 2011년 유네스코 인류무형문화유산으로 등재되었다.

택견이었군. 조선 사람들 중에 고수가 많다는 것을 내 알고 있지. 귀한 것을 볼 수 있는 좋은 기회였네. 아, 나는 예원 옆의 '용문객잔'에 묵고 있다네. 낮에는 예원에 있을 테니 언제 한번 방문해 주게. 대련을 한번 해 보세. 새로운 무술은 끊임없이 배워야지, 하하하."

"저기, 저는 택견 모르거든요. 그냥 안 맞으려고 피하면서 손발을 놀린 거예요."

"그럼 또 보세나!"

그는 노빈손의 대답을 듣지도 않고 씩 웃으며 등을 돌렸다.

'진정한 고수는 항상 고수처럼 사라져야 하는 법! 한번 돌아서고 나면 다시는 뒤를 돌아보지 않는 것, 그것이 진정 대인(大人)다운 풍모라 할 수 있지.'

그러나 황비홍은 노빈손이 어이없다는 표정으로 자신의 뒷모습을 쳐다보고 있는 줄 알지 못했다.

"아니, 이곳 사람들은 왜 이래? 아까 날 인력거꾼 취급한 손님이랑 버버리맨들도 그렇고, 뭐든지 자기들이 이해하고 싶은 대로 이해해 버리잖아. 황비홍 아저씨도 참, 영화에서는 멋진 모습이었는데 실제로 보니 좀 모자란 것 같기도 하고……. 아참, 그리고 보니 잊고 있었네."

투덜거리던 노빈손은 그제야 인력거 뒷좌석에 있던 두루마리를 기억해 냈다. 괴한

용문객잔이 뭐지?
용문에 있는 객잔을 뜻한다. 객잔은 음식도 팔고 잠도 재워 주는 곳으로 요즘으로 따지면 호텔에 해당하는 시설이다. 이 이름은 1960년대의 유명한 홍콩 무협영화에서 따왔다. 〈용문객잔〉은 이후 1990년대에 〈신용문객잔〉으로 리메이크되었다. 허난성에 있는 용문석굴 입구에는 실제로 용문객잔이라는 시설이 영업을 하고 있는데, 아마도 영화에서 이름을 딴 식당일 것이다.

들이나 황비홍이나 이 두루마리의 존재에 대해서는 전혀 눈치채지 못했던 것이다. 펼쳐 보니 두루마리 안에 처음 보는 시가 적혀 있었다. 그러나 한자라서 무슨 내용인지 알 수 없었다.

"아, 중국어 공부를 너무 게을리했어. 고전 문학도 좀 배워 뒀어야 하는데."

노빈손은 나중에 다시 한 번 읽어 볼 생각으로 두루마리를 둘둘 말아 바지춤에 챙겨 넣었다.

"그나저나 어디로 가야 하지……?"

생각할수록 과거로 떨어진 자신의 앞날은 막막하기만 했다.

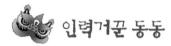

인력거꾼 동동

인력거를 살펴보니, 수레를 끄는 손잡이와 좌석을 연결한 부분이 뚝 부러져 있었다. 자기 물건도 아닌데 얼떨결에 끌고 왔다가 부러지게 했으니 낭패였다.

'이대로 모른 척 도망가야 하나?'

하지만, 노빈손은 남한테 피해를 입히고 마음 편하게 발 뻗고 잘 만한 성격이 아니었다. 당당하게 사정을 이야기하면 이해해 주지 않을까 싶었다. 노빈손은 부서진 인력거를 끌고 왔던 길을 다시 되돌아가기 시작했다.

조금 전 지나쳐 왔던 황푸 공원 앞, '개와 중국인 출입금지'라는 팻말이 붙어 있던 곳을 지날 무렵이었다. 저 앞에서 청년 한 명이 멀리서 뭐라고 외치며 뛰어왔다.

　"도둑이야, 도둑이야!"

　"뭐? 어디야? 어디?"

　주위를 둘러봐도 아무도 없는데 웬 도둑?

　노빈손이 주춤하는 사이에 가까이 온 청년은 득달같이 노빈손에게 달려들어 멱살을 움켜잡았다.

　"바로 네 놈이 도둑이잖아!"

　몸집은 작았지만 꽤나 다부져 보이는 녀석이었다. 코는 들창코였고 귀가 무척 컸지만 착해 보였다.

"이 도둑놈, 내 인력거를 훔치다니. 감히 훔친 인력거로 이 상하이 바닥을 돌아다닐 수 있을 거라고 생각했냐!"

"아이고 켁켁······. 잠깐만, 누가 도둑이고 누가 뭘 훔쳤다고?"

"너지 또 누가 있어! 왜 남의 인력거를 마음대로 빼앗아 손님을 태워? 게다가 인력거까지 다 망가뜨렸잖아!"

노빈손은 억울했다. 이상한 아지씨가 나타나 다짜고짜 가자고 해서 얼떨결에 인력거를 끌었을 뿐인데, 요즘으로 치면 세워져 있는 남의 차를 몰래 끌고 나온 차량 절도범 신세가 되고 말았다. 이 모든 것의 증인이 되어 줄 손님은 찾을 길도 없었다.

"아무래도 너 오늘 나랑 관아에 좀 가야겠다."

노빈손보다 어려 보이는 청년은 다짜고짜 반말이었다. 이대로는 안 되겠다 싶었다. 노빈손은 필사적으로 항변했다.

"이것 봐, 팅, 잠깐 스톱! 내 말부터 들어 봐. 팅팅."

노빈손은 계속 "팅팅"이라고 외쳤다(중국어로 '멈추다' 와 '듣다' 는 모두 '팅' 으로 발음한다).

"듣긴 무슨 말을 들어?"

노빈손은 괴한들의 습격과 사라진 손님 이야기까지 오늘 일어난 일을 설명했다. 하지만 인력거 주인이라는 청년은 노빈손의 말을 전혀 믿으려 들지 않았다. 겨우 괴한들을 물리쳤더니 이제는 관아에 끌려갈 판이었다. 불법영업에 무면허 운전, 절도 등 온갖 혐의를 뒤집어쓴 채로 말이다. 청년이 손을 내밀었다.

"일단, 내 인력거로 번 돈부터 내놔."

"그사이에 돈을 받았을 리가 없잖아. 언제 내리는 줄도 몰랐는데……."

"돈도 안 받았어? 너 때문에 오늘 영업 못 한 거랑, 인력거 박살 난 거, 그 손님이 탄 돈에, 여기 뛰어오느라 내가 고생한 것까지 다 합치면 100위안은 족히 될 텐데!"

정신이 쏙 빠지도록 닦달을 당하던 노빈손은 무심결에 주머니 속을 뒤졌다. 뭔가 익숙한 느낌의 종이가 손에 쥐어졌다.

'앗, 돈이다!'

하지만 꺼내 보니, 그것은 여자친구 말숙이가 공항에서 잘못 바꿔 왔던 타이완 지폐였다. 미래의 지폐이니 지금 여기서 쓸 수 있을 리 만무하다.

'쳇, 좋다가 말았네. 어, 그런데…….'

지폐를 꺼내 들여다보던 빈손은 깜짝 놀랐다.

"헐! 이 사람은 아까 그 손님이잖아!"

지폐 속 인물은 바로 중국 혁명의 아버지 쑨원이었던 것이다.

노빈손의 뇌리에 두루마리가 떠올랐다. 손님이 남기고 간 두루마리에 뭔가 단서가 될 만한 것이 남아 있을 것이다. 한눈에도 값비싸고 중요한 물건처럼 보였다.

"잠깐만. 아무래도 내 말을 안 믿는 것 같은데, 내게 두루마리가 있어. 아마도 꽤 값나가는 물건인 것 같던데……. 이것을 들고 있으면 그 손님이 다시 찾으러 오지 않을까?"

그 말을 듣자 청년의 분위기가 한결 누그러들었다. 값비싼 것이라는 말에 귀가 솔깃했는지도 모른다.

"그 두루마리가 뭔데? 너, 혹시 거짓말하는 것 이니야?"

"무슨 말씀. 나도 아직 읽어 보지는 못했는데, 분명 그 손님이 두고 내린 거야. 꽤 중요해 보이더라니까. 분명히 찾으러 올 거야."

청년의 표정을 보니 관아로 끌려가진 않아도 될 것 같았다. 긴장이 조금 풀리자 이번에는 배가 고팠다. 핑핑 돌아가는 노빈손의 머리보다 더 정확한 것이 있었으니, 그것은 노빈손의 위장이었다. 어김없이 4시간마다 한 번씩 채워 줘야 했다. 만두라도 사 먹으려면 돈을 벌어야 하는데 수중에 가진 돈은 타이완 지폐밖에 없으니, 정말로 인력거라도 끌어야 할 판이었다.

"너 이름이 뭐니? 몇 살이야?"

"나는 동동이고 스무 살이다. 빨리 앞장

 중국 돈에는 누구 얼굴이 그려져 있을까

중국은 화폐 단위로 원(圓, 위안)을 쓴다. 간략하게 元이라고 쓰며, 구어에서는 '콰이'라고도 한다. 원 아래의 단위는 각(角, 지아오)과 분(分, 펀)이 있다. 1위안에서 100위안까지 모든 지폐에는 중화인민공화국의 초대 국가 주석인 마오쩌둥의 얼굴이 들어가 있다. 지역에 따라 소수민족의 그림이 들어가 있는 경우도 있다. 반면, 타이완의 100위안 화폐에는 쑨원의 초상이 그려져 있다.

서라, 가자."

"아니, 어디를 가자고?"

"그 아저씨 찾으러 가야지. 아마 번화가에 가 있으면 만날 수 있을 거야."

"일단 식당부터 가자. 밥 먹고 해야지."

"네가 뭐 한 게 있다고 먹는 것 타령이야? 요금이나 받아내. 그래야 요우티아오랑 또우지앙이라도 사서 먹지."

"아니, 그러지 말고 말이야. 나도 인력거를 몰고 시내를 돌아다니면 어떨까? 그러면 도망간 손님도 찾을 수 있고, 돈 벌어 만두도 사 먹고, 너한테 변상도 해 줄 수 있잖아."

동동이 잠깐 발걸음을 멈췄다. 한참 생각하던 그가 입을 떼었다.

"좋아, 마침 우리 집에 낡은 인력거가 하나 더 있으니까 일단 오늘은 그걸 몰자. 대신 오늘 네가 부러뜨린 인력거는 책임지고 고쳐야 해."

노빈손과 동동이 황푸 공원 입구에서 이런 이야기를 주고받고 있을 때였다. 멀리 나무 그늘에 숨어서 이들을 지켜보는 자가 있었다. 뒷머리를 길게 땋은 변발에 만주족의 전통 복장을 한 것이, 한눈에 보기에도 오랫동안 무술을 단련한 사람 같았다. 노출된 앞이마에는 소림 승려들의 상징인 하얀 점 9개가 찍혀 있었다. 그는 장소림이라는

중국 무술 하면 소림사 (少林寺)
중국 허난성 정저우의 숭산에 있는 사찰. 496년에 효문제가 창건했으며, 달마대사도 여기서 9년간 수련했다고 한다. 무술로 유명한데, 달마대사가 벽을 보고 수련을 하는 승려들의 건강을 위해 5가지 동물의 움직임을 본떠 만들었다고 전해진다. 현재는 중국 무술의 대명사로 통하며, 지금도 소림사 주변에서 수많은 무술학교들이 인재들을 키우고 있다.

이름의 소림 승려였다.

그러나 그의 눈은 수도자의 맑은 기운 대신 사악한 기운으로 번뜩이고 있었다. 그 옆에는 파계승인 장소림을 소림 고수로 철석같이 믿고 따르는 무도 지망생, 왕손이가 있었다. 오른손이 왼손에 비해 비정상적으로 큰 탓에 왕손이라고 불렸는데, 그의 오른손에 맞은 사람치고 성한 사람이 없다는 소문이 있었다. 약간 덜떨어지는 구석이 있었지만, 장소림을 향한 충성심은 강했다. 장소림에게는 거의 유일한 심복이었다.

말없이 노빈손과 동동을 지켜보던 두 남자는 그들이 사라지는 것까지 확인한 뒤에 반대 방향으로 발걸음을 옮겼다.

 개와 이리의 은밀한 회의

중국인들이 사는 화계의 한 식당. 장소림과 쌍칼이 마주 앉아 있었다. 장소림이 쌍칼을 다그쳤다.

"당신 부하들이 무슨 일을 저지른 것인지 알고나 있어?"

"이봐, 쑹자오런도 어차피 처리할 인물이었잖아. 우리가 실수한 것은 없어."

쌍칼이 짐짓 태연한 척 대답하자, 장소림이 코웃음을 쳤다.

"허허허, 쑨원이 잘도 '날 잡아 잡수' 하고 나오겠구먼. 아마 못

찾을걸? 지금 누가 산통을 깼는지 알아? 너희들은 안 돼. 나처럼 혼자서 움직여야 가능하지."

장소림 역시 쑨원의 뒤를 쫓고 있었던 것이다.

그는 상하이 바닥에서 쿵푸 고수로 알려져 있다. 그러나 소림 문파에서 배웠다는 그의 무술 실력을 실제로 본 사람은 아무도 없었다. 그는 무술보다는 잔인함으로 밤거리를 지배했다.

대신 장소림은 인력거꾼이나 날품팔이들을 갈취하지 않았다. 나름 '무도인'이라는 자존심 때문이었다. 장소림의 입장에서 보자면, 쌍칼파는 저잣거리의 힘 좀 쓰는 왈패들에 불과했다.

장소림의 진짜 본업은 요인 암살이나 청부 폭력이었다. 어디서 누구로부터 의뢰를 받는지는 아무도 몰랐지만, 그에게는 일거리가 끊이지 않았다. 해외로 인력송출 사업을 한다는 소문도 있었다. 쌍칼파와는 사사건건 부딪쳤지만, 혼자 움직였기 때문에 쌍칼파와 일거리의 영역이 겹치지 않았다.

하지만 이번에는 달랐다. 양쪽 다 쑨원을 노리고 있는 것이다. 장소림은 이 일을 쌍칼이 가로챈 것은 아닌지 못마땅해했으나, 당장 궁금한 것은 쌍칼파의 배후가 누구인가 하는 점이었다. 그가 다시 말을 이었다.

"일본 아이들이 쑨원을 먼저 발견하면 완전히 물 건너가는 거지. 쑨원은 일본에 아는 사람이 많거든. 반드시 상하이에 있을 때 해치워야 해. 혹시 어디 있는지 소식은 없나?"

넌지시 쌍칼을 떠보려는 것이었다. 쌍칼이 힐끔 식당의 입구를 바라보았다.

"마침 오는군, 머저리 같은 녀석들."

삼인방이 들어섰다. 한 명은 다리를 절고, 한 명은 바지까지 찢어져서 몰골이 말이 아니었다.

"따거(형님이라는 뜻의 중국어), 그만 놓쳤습니다."

"웬 대머리에 머리털도 하나 없는 이상한 녀석이 가로막더라고요."

부하들의 보고를 듣던 쌍칼의 표정이 험악하게 일그러졌다.

"그래서 그냥 들이왔어?"

"아닙니다, 그냥 들어오다뇨. 미행을 붙여 놓았습니다. 일거수일투족을 지켜보고 있으니까 쑨원이랑 다시 만나면 금방 행방을 알 수 있습니다."

장소림이 부리부리한 눈으로 쌍칼과 삼인방을 노려보며 입을 열었다.

"만약 이번에 쑨원이 살아서 상하이를 빠져나가면 이 바닥에서 밥 먹고 살기 힘들어질 거야."

그때였다. 가게 전화가 울렸다. 가게 주인이 다가와 조심스럽게 쌍칼에게 전화가 왔다며 불렀다. 쌍칼이 전화를 받았다.

"예, 걱정 마십시오. 상하이에 들어온 이상 독 안에 든 쥐입니다. 제 손 안에 있습니

 상하이 교통대학을 아시나요?

북양대학당(지금의 텐진대학)과 함께 중국 사람에 의해 설립된 가장 오래된 대학이다. 베이징대학, 칭화대학과 함께 들어가기 힘든 학교로 유명하며, 원래는 1896년 황제의 칙령에 의해 설립된 난양 공립학교였다. 이공계의 전통이 강하며 교육부와 상하이 정부의 관할하에 있다. 중국 개혁개방을 이끈 상하이방의 리더인 장쩌민 전 주석이 이곳을 나왔다.

다. 네, 네, 쑹자오런이야 우발적인 사고입죠. 하하하."

너스레도 저 정도면 예술이었다. 누구지? 쌍칼이 어디까지 연결 되는지 알 수 없었다. 부하들은 베이징 정계의 거물들과 직접 선이 닿는 쌍칼을 존경스러운 눈길로 바라보았다. 하지만, 실제로 그가 통화를 하는 인물이 다름 아닌 위안스카이라는 사실은 아무도 모르고 있었다.

통화를 끝낸 쌍칼이 다시 테이블로 다가왔다.

"다들 들었지? 지금 우리가 이런 상황이야. 반드시 잡아야 해. 아, 그리고 황비홍이 상하이에 들어왔다는 첩보가 있는데, 뭔가 아는 거 없나?"

쌍칼의 말을 들은 삼인방 중 한 명이 화들짝 놀라며 중얼거렸다.

"야, 아까 그 사람이 황비홍이라고 하지 않았나?"

쌍칼의 부하들이 황비홍을 알 리 없었다. 상하이 포구 인근에서 왈패로 자라나 힘이나 쓰는 위치인지라, 무술에 대해서는 전혀 알지 못했다.

"뭐? 자세히 말해 봐."

"그러니까 대머리 인력거꾼을 혼내 주려고 했는데, 웬 남자가 와 있더라구요. 누구냐고 하니까 황비홍이라고 하면서……."

중국의 가장 높은 건물은 상하이에 있다

2007년 10월에 완공된 상하이 세계금융센터는 전체 높이 492미터로 중국에서 가장 높은 빌딩이자, 세계에서 세 번째로 높은 건물이다. 황푸 강 건너 푸동의 마천루 가운데서도 가장 우뚝 솟아 있는데, 빌딩의 제일 높은 부분은 마치 병따개처럼 뚫어 놓았다. 현재 상하이에 건축 중인 상하이 타워는 예정 높이가 632미터이며, 완공되면 세계에서 두 번째로 높은 건물이 될 것으로 예상된다. 현재 세계에서 가장 높은 건물은 두바이의 부르즈 할리파로, 높이가 828미터나 된다.

"뭐라고?"

장소림이 말을 중간에서 끊고 다그쳐 물었다.

"자기가 무영각을 쓴다고 하고, 불산에서 왔다고 하지?"

"네, 그랬던 것 같은데요."

장소림이 뭔가를 예감하는 듯한 표정을 지으며 중얼거렸다.

"황비홍이 맞아……. 그나저나 그 자가 왜 상하이에 왔지? 혹시 쑨원하고 무슨 관계가 있나?"

 ## 노빈손, 상하이 명물이 되다

노빈손은 당장 다음 날부터 인력거 영업을 시작했다.

"라이, 라이! 어서 옵셔!"

노빈손은 사람들이 많이 모이는 와이탄 거리나 상하이 역, 난징루 일대에 죽치고 앉았다가 손님이 나타나면 일어나 목청을 높였다. 처음엔 어색했지만 곧 익숙해졌다. 그러나 낯선 땅에서의 인력거꾼 노릇이 쉽지만은 않았다. 기존 인력거꾼들의 텃세도 심했다.

"야, 초짜는 다른 데로 가! 남의 장삿길 막지 말고."

며칠이 지났지만, 하루에 한두 명도 못 태우는 날이 많았다. 동동역시 종종 허탕을 쳤다. 손님을 기다리며 땅바닥에 앉아 있던 노빈손이 동동에게 물었다.

"동동, 인력거를 몬 지 얼마나 됐어?"

"사실 얼마 되지 않았어. 원래는 아버지가 몰았거든."

"그런데 왜 네가 나왔어?"

동동은 아무 말도 하지 않았다.

"왜 그래? 아버지가 어디 아프시니?"

"응, 맞아, 그래서 내가 대신 돈 벌러 나온 거야."

"무슨 병인데?"

노빈손이 다시 묻자, 동동이 갑자기 인력거 손잡이를 잡고서 벌떡 일어섰다.

"야, 저기 손님 왔다. 나 먼저 간다!"

"손님이 어딨다고… 야, 어딜 가는 거야!"

동동은 빈 인력거를 몰고 횡하니 사라졌다. 엉거주춤 일어섰던 노빈손은 다시 주저앉으며 구시렁거렸다.

"같이 손님을 기다리면 덜 심심할 텐데……. 뭔가 말 실수를 했나?"

혹시 내가 아버지에 대한 안 좋은 기억을 불러일으켰나? 동동에겐 아버지가 안 계신 건가? 아니면 남의 집 가족사를 묻는 것은 중국에서 실례인가? 노빈손은 오만 가지 생각을 하면서 손님을 기다렸다.

하지만, 오늘도 손님을 태우기는 쉽지 않아 보였다. 상하이에 넘쳐나는 것이 인력거

청방은 뭐하는 사람들이었나

20세기 초 상하이에서 운영되던 단체다. 운수 노동자들의 모임이 기원이라는 설이 있으며, 중국이 나라를 잃었던 시기에 상하이의 상인과 기업가들이 가담했다. 당시 두목으로 유명했던 사람이 두웨성(杜月生)이다. 지방의 군벌과 연계되어 범죄 활동도 했고, 공산당을 탄압하는 데 고용되기도 했다. 1927년 4월 공산당 숙청 사건 이후 두웨성은 장제스의 국민혁명군 장군으로 영입되었다.

였다. 특히 목 좋은 곳에는 빈손이나 동동뿐만이 아니라 수많은 인력거꾼들이 진을 치고 손님을 기다렸다. 한 명이라도 건물에서 나오면 달려들어 자기 인력거에 태우려고 경쟁을 벌였다. 때로는 주먹다짐이 벌어지기도 했다.

"야, 비켜, 자기 자리로 돌아가!"

그럴 때마다 인력거꾼들을 정리하고 질서를 유지시켜 주는 건 청방(靑邦)이라는 조직이었다. 인력거꾼들 중에는 이 '청방'에 정기적으로 관리비를 납부하고 있는 사람들이 많았다. 술집 골목이나 기차역, 관공서 앞 같은 곳은 모두가 청방에서 관리했다. 노빈손처럼 관리비도 내지 않은 데다 초짜인 인력거꾼은 이런 자리에 함부로 끼어들 수도 없었다. 할 수 없이 인적 없는 곳에 가서 홀로 손님을 기다리다 보면 절로 짜증이 나곤 했다.

"정말이지, 이게 뭐야. 택시 승강장이 있으면 차례차례 줄을 서서 손님을 태우면 되는데. 한줄서기는 아직 중국에 도입이 안 되었나?"

가뭄에 콩 나듯 노빈손의 인력거를 타는 사람들은 모두 노빈손의 외모에 관심을 보였다.

"어이, 형씨! 이건 혹시 변발하려다 다 밀어 버린 거야?"

변발을 한 만주족들은 자신들처럼 앞머리가 번들번들한 노빈손에게 친근함을 느끼는 모양이었다. 그런가 하면 한족들의 반응은 또 달랐다.

"젊은 사람이 변발로 뒷머리를 땋지 않고 아예 밀어 버리니 차라리 보기 좋구면."

그렇게 온갖 사람들이 노빈손의 인력거를 탔지만, 쑨원의 무사함을 기원하고 있다는 점은 모두가 똑같았다. 상하이 역에서의 총격 사건 이야기가 나오면 그저 쑨원의 안위를 걱정하는 말들뿐이었다.

"우리 쑨원 총통님이 무사하셔야 할 텐데……."

가끔 시골에서 올라온 노인들 중에 지금 황제가 누구냐고 묻는 사람들도 있기는 했다. 하지만, 그들이 알던 황제와 제국은 쑨원이 주도한 신해혁명으로 사라지고 없었다.

그러던 어느 날의 일이었다. 와이탄 한가운데 있는 클럽 건물에서 영국인 부부가 걸어 나오는 것이 보였다. 노빈손은 저도 모르게 영어로 그들을 불렀다.

"웨어 아유 고잉, 서!(어디로 가시나요, 사장님?)"

일순 여러 인력거꾼들의 눈이 낯선 이방인 인력거꾼에게로 쏠렸다. 영국인 부부는 인력거꾼의 입에서 영어를 들은 것이 신기했는지, 미소를 지으며 노빈손의 인력거에 탔다. 상하이에서 영어를 하는 인력거꾼을 만날 줄은 그들도 몰랐을 것이다. 영국인 부부는 와이탄 거리를 따라 북에서 남으로 내려가며 시내를 둘러본 뒤 난징으로 떠나는 기차를 타기 위해 상하이 역으로 갔다.

빈 인력거를 끌고 돌아와 보니 동동이 다른 인력거꾼들에게 휩싸여 있었다.

"너 똑바로 말해. 네 친구라는 녀석은 어디서 온 거야?"

"저도 몰라요. 그냥 제 인력거를 부러뜨려서 일을 대신해 주는 거예요."

"어디서 왔는지도 몰라?"

"조선에서 온 것 같은데… 한국이라는 둥, 한양이 아니고 서울이라는 둥 약간 횡설수설해요."

"그런데 어떻게 영어까지 해?"

"예? 빈손이가 영어를 해요?"

"어찌 됐든, 앞으로 이 근처에는 얼씬도 말라고 해."

검게 그을린 상체에 머리에 흰 수건을 두른 인력거꾼 네댓 명이, 이제 겨우

청소년 티를 벗은 동동을 세워 놓고 이것저것 캐묻고 있었다. 아무리 봐도 험악한 분위기였다.

갑자기 노빈손이 나타나자 다들 멈칫했다. 그중 가장 덩치가 큰 사내가 걸어나와서 노빈손을 내려다보며 을러대는 말투로 말했다.

"이봐, 대머리 총각. 무슨 사정인지는 모르겠으나, 영어까지 하는 인력거꾼은 상하이에 필요가 없어. 앞으로 우리 구역에는 오지 말았으면 좋겠구먼."

"뭐라고요?"

아니, 영어 좀 할 줄 아는 것도 죄인가? 노빈손의 뱃속에서 억울함이 울컥 올라왔지만, 숫적으로 열세라 자칫했다가는 치도곤을 당할 판이었다. 노빈손은 동동의 손을 이끌고 자리를 벗어났다.

"동동, 오늘 나 돈 많이 벌었어. 일단 이걸로 만두나 좀 사 먹자. 우리 샤오룽바오 먹을까?"

동동은 갑작스런 상황에 당황해하면서도 일단 가장 신경 쓰이는 사실부터 확인했다.

"빈손아, 너 정말로 영어 할 줄 알아?"

"어 리틀(a little). 그냥 조오금 하는 정도야. 하지만 이걸 잘 이용하면 단골도 만들 수 있을 것 같아."

동동은 대단하다는 듯이 노빈손을 쳐다봤다. 노빈손은 동동을 향해 왼쪽 눈을 찡긋하면서 말했다.

"어차피 저기서 줄 서서 기다려 봐야 손님도 안 모이는데, 아쉬울 것도 없어. 내게 아주 좋은 생각이 있으니까 걱정하지 마."

당시 상하이는 미국의 시카고나 뉴욕에 비견될 국제 도시였다. 중국이라는 거대한 땅을 차지하기 위해 세계 각국의 자본이 몰려 들어와 있었기 때문이다. 최첨단 기술과 유행이 미국과 유럽에서 선보이면 거의 동시에 상하이에도 소개됐다. 호텔 허핑판디엔에서는 필리핀에서 온 악사들이 영어로 노래를 부르고 있었고, 최고급 와인과 무용수들이 상하이로 몰려들었다. 프랑스 조계지에서는 프랑스 경찰, 영국 조계지에서는 영국 경찰이 주둔하며 치안을 유지하고 있었다. 노빈손이 눈독을 들인 것은 바로 이 외국인들이었다.

얼마 지나지 않아 영어로 안내문을 만든 노빈손은 벽보를 외국인들이 잘 다니는 교통의 요지마다 붙였다.

'베테랑 인력거 기사! 영어 가능! 와이탄에 오시면 노빈손을 찾아 주세요.'

그뿐만이 아니었다. 어디서 구했는지, 노빈손은 자신의 인력거 앞에 자전거의 안장과 앞바퀴를 붙여서 페달로 달릴 수 있도록 개조하였다. 당시로서는 최첨단의 인력거였던 셈이다. 불과 며칠 사이에 노빈손의 인력거는 영국 조계지와 프랑스 조계지에 거주하는 사람들 사이에서 '명물'이 되었다.

그렇게 단골을 만들기 시작한 인력거꾼 노빈손에게는 남다른 희망이 하나 있었다. 무임승차 승객, 자신을 100년 전 상하이 바

조계란 무엇인가?

외국인이 자유로이 물건도 팔고 거주하면서 자기 나라처럼 권리를 누릴 수 있도록 정해진 구역을 말한다. 주로 외국과 거래하는 항구에 있으며, 중국·한국에서는 조계, 일본에서는 거류지라는 이름으로 일컬어졌다. 제국주의 국가들의 침략이 시작되면서 불평등조약이 체결된 결과로 빚어진 것으로서, 아편전쟁 이후 1845년에 영국이 상하이에 만든 것이 최초의 조계다. 조계 구역으로 정해진 땅을 '조계지'라고 부른다.

닥에 던져 놓고 사라져 버린 남자. 이 많은 중국인들이 한마음으로 무시히기를 기원하고 있는 사람인 쑨원을 다시 만나는 일이있다. 그가 떨어뜨린 채 두고 간 두루마리는 항상 인력거 안쪽에 잘 싣고 다녔다.

🦁 알파걸 비서 칭링

모든 혁명은 성공하기 전까지 지하에서 은밀하게 진행된다. 성공하기 위해선 혁명의 의도와 계획, 사람들을 철저히 숨겨야 했다. 당연히 혁명가들은 은신과 은폐의 귀재일 수밖에 없었다.

쑨원 역시 그러했다. 상하이 역에서 감쪽같이 사라진 사나이, 노빈손에게 두루마리 하나만 남기고 종적을 감춘 중년 신사 쑨원은 상하이의 중심가에서 그리 멀지 않은 고급 주택에 머물고 있었다.

그가 은신하고 있는 저택은 상하이 최고의 명문가인 쑹자수의 집이었다. 그는 엄청난 재력가였지만, 공화제와 삼민주의를 내건 쑨원의 혁명에 감동하여 자신의 집안에서 봉건적 잔재를 없애고 세 딸들에게 현대식 교육을 시켰다.

특히 이 집안의 둘째 딸인 칭링은 쑨원이 난징에서 총통을 하던 시절 비서로 일했다. 일주일 전 쑨원이 상하이로 떠난다는 말을 들은 칭링은, 혹시 무슨 일이 생길지도 모른다며 상하이에 있는 자신의 집 주소를 적은 쪽지를 챙겨 주었다.

상하이 역에서 암살 사건이 발생한 그날, 쑨원은 따르던 사람들
과 헤어져 혈혈단신 혼자 남겨졌다. 누구를 만나야 할지, 어디로 가
야할지 모르는 상황이었다. 일본으로 떠나는 배를 타려면 아직 시간
이 꽤 남아 있었다. 게다가 두루마리는 인력거에서 잃어버렸다. 어
쩔 줄 모르고 허둥대던 쑨원은 손에 쥔 쪽지 한 장에 의존하여 칭링
의 집으로 허겁지겁 달려왔다. 그 집 안에서 달려나온 것은, 다름 아
닌 자신의 젊은 여비서 칭링이었다.

"선생님, 어서 오십시오. 무시히셨군요."

"아니, 칭링? 어떻게 여기 있는 거요? 게다가 내가 이리로 올 줄
어떻게 알고……."

"제 고향이지만, 상하이가 워낙에 험한
곳이라서요. 혹시 무슨 변고라도 생기지 않
을까 걱정이 되어 저도 집으로 와 있었습니
다."

"아, 칭링……!"

쑨원은 감격했다. 정말 나이에 비해 사려
가 깊은 여성이었다.

어디서 총알이 날아올지 알 수 없는 상하
이에서, 칭링의 집 외에 쑨원에게 안전한
장소란 없었다. 지금은 배를 타고 상하이를
떠날 수 있을 그날까지 숨을 죽인 채 이곳

쑹자수
(宋嘉樹, 1863~1918년)
광둥 출신으로, 12살 때 자녀가
없던 외숙부 집안에 입양되었다.
3년간 동인도 제도에서 생활한
후 미국으로 가서 15살에 개신교
신자로 입문하여 마침내 감리교
선교사가 되었다. 1886년 중국으
로 돌아와 그 이듬해 결혼했다.
청나라 타도를 위해 결성된 비밀
결사단체에 가담하고 출판업을
하며 구어체로 된 성경책을 인쇄
했다. 1894년 상하이에서 쑨원을
만나 중국 혁명에 관심을 갖게
되었고, 중국동맹회에 거액의 기
부금을 내고 재정을 책임졌다.

에서 기다리는 게 상책이었다.

칭링이 준비해 둔 것은 숨어 있을 집만이 아니었다. 그녀는 총통 시절 연락을 주고받았던 해외 공관의 연락처와 주소록, 지인들의 명단까지 모두 챙겨 놓고 있었다. 칭링의 기지와 노력 덕분에 쑨원은 해외의 혁명 동지들과 연락을 취할 수 있었다. 그렇게 한 달 가까이 시간이 흘렀고, 어느덧 배를 타고 떠나야 할 시기가 다가오고 있었다.

'이제 곧 상하이를 떠날 수 있게 되겠군. 한데 인력거에 떨어뜨린 두루마리가 마음에 걸리는구나.'

쑨원은 한숨을 쉬었다. 겉으로 보기에는 옛날 시 한 수가 적혀 있는 평범한 두루마리였으나, 그 시의 내용은 일종의 암호였다. 한 구절 한 구절이 일본으로 떠나는 배편의 이름과 출발장소 및 시간을 암시하고 있었다. 아무 상관도 없는 일반인이 두루마리를 갖고 있다면 문제가 없겠지만, 혹시나 반대파의 손에 넘어간다면 큰일이었다. 자신의 움직임이 고스란히 드러나 붙잡힐 수 있었다. 오랫동안 기다린 일본행 배편을 바꿔야 할지도 몰랐다.

그보다 더 큰 문제는, 칭링의 아버지를 비롯해 신해혁명에서 자신을 도왔던 사람들의 명단이 두루마리와 시를 쓴 한지 사이에 풀로 붙여 숨겨져 있다는 사실이었다.

중국 고속버스에는 침대가 있다

우리는 서울에서 부산까지 5시간이면 충분하지만, 땅이 넓은 중국에서는 버스를 타고 2~3일씩 가야 한다. 그런 사람들을 위해 침대 버스가 있다. 일반버스를 개조해 의자 수를 줄이고 침대를 넣은 버스인데, 이불이 지저분하고 허리가 아프기 때문에 타본 사람들은 그다지 권하지는 않는다. 기차에도 침대칸이 별도로 있다.

신해혁명을 이끈 홍중회를 도와준 조력자들의 명단이 공개된다면
뒷일을 도저히 장담할 수 없었다.

'그 대머리 인력거 기사가 혹시라도 반대파에게 그 문서를 넘겼
다면… 아니야, 설마 그럴 리가 있겠어!'

쑨원은 머리를 마구 흔들어 불안한 생각을 떨쳐내려 했다. 두루
마리의 내용이 언뜻 보기엔 연애 시처럼 보인다는 사실이 그나마 위
안이 되었다. 칭링에게조차 이 모든 비밀을 말할 수는 없었다.

때마침 칭링이 차를 가지고 들어왔다.

"오, 칭링. 혹시 무슨 기별이 있었소?"

쑨원이 묻자, 칭링이 기나긴 속눈썹을 가만히 내리깔며 대답했다.

"쑹자오런 선생께서……."

"선생께서 왜? 무슨 일이 있었는가?"

"쑹자오런 선생께서 결국 병원에서 돌아가셨다고 합니다."

"뭐라고!"

쑨원의 입에서 탄식이 터져나왔다.

"아, 그럴 수가! 그건 어쩌면 내가 맞았을 수도 있는 총탄인데…
참으로 안타까운 일이오."

마음이 쓰렸다. 조국의 미래를 함께 걱정하던 쑹자오런의 모습이
주마등처럼 눈앞을 지나갔다.

늙고 병든 청나라 황실은 백성들이 주인이 되는 국가를 인정하지
못했다. 외세가 침략해 들어오며 국토를 유린하고 있었지만, 그들은
한 줌 황실을 지키는 일에만 관심이 있었다. 그 황실을 겨우 무너뜨

리고 어렵게 공화국을 만들었는데, 다시 새로운 황제가 되려는 무리들이 생겨나고 있었다. 사대부 세력들은 황제가 사라진 틈을 타 자신들의 세력을 넓히려 했고, 지방의 군벌들 역시 중원을 넘보고 있었다. 이런 와중에 이상을 함께하던 동지의 죽음이란 참으로 뼈아픈 것이었다.

쑨원은 근심에 잠겨 한숨을 쉬었다. 부고를 들으니 생각이 부정적인 방향으로 치달았다. 이제 얼마 안 있으면 상하이를 떠나 출발해야 하는데, 과연 그날 항구에 나가 배를 탈 수 있을지, 두루마리 없이 자신을 증명할 수 있을지, 무작정 배를 타러 나갔다가 변을 당하는 것은 아닐지 걱정이 한두 가지가 아니었다. 그렇다고 사라진 두루마리를 찾을 방법도 없었다.

칭링이 다가와 말했다.

"우리 집 주위는 두웨성이 보낸 청방의 청년들이 와서 지켜 주고 있어요. 그 사람들조차 자신들이 지키는 사람이 총통 각하인 줄은 몰라요. 낯선 사람은 무조건 접근하지 못하게 했으니, 떠나시는 날까지 아무 걱정 없이 지내다가 가세요."

"칭링, 혹시 내가 탔던 인력거를 몬 청년에 대해서는 듣지 못했소?"

"듣지 못했는데요."

쑨원이 한숨을 토하자 칭링이 다정하게

시대의 유행 변발
머리를 뒤로 길게 땋아 늘인 것을 말한다. 옛 몽골족과 만주족, 여진족 등 중국 북방민족의 풍습이다. 남자의 경우 앞머리와 옆머리를 깎고 뒷부분의 남은 머리를 땋아 늘였다. 원나라와 달리, 청나라는 모든 중국인들에게 만주족처럼 머리를 깎으라고 강요했다. 1911년 신해혁명 때 단발령이 선포되어 변발은 사라졌다. 우리나라도 고려시대 때 원나라의 영향으로 한때 변발을 하는 사람들이 있었다.

위로의 말을 건넸다.

"걱정 마세요. 그 인력거를 몰았던 청년이 약간 이상한 얼굴이긴 했지만 나쁜 사람 같지는 않았다면서요."

"내가 수중에 돈이 없어 인력거 삯도 주지 못했는데……."

"인연이 있으면 다시 만나겠지요."

칭링은 쑨원의 기분을 돌리고 싶은 마음에 다른 이야기를 꺼냈다.

"그러고 보니, 들으셨나요? 요즘 상하이 조계지의 외국인들 사이에서 어떤 인력거꾼이 화제라던걸요."

"무슨 말이요?"

"인력거꾼인데 어떻게 영어를 배워서 잘 구사한다고 하더라고요. 인력거에 자전거를 연결해서 속도도 빠르고요."

"오, 외국인들로서는 편리하겠구먼. 상하이가 정말 하루가 다르게 발전하는군요. 그런데 우리 조국의 현실은 아직도 이렇게 암울하다니……."

칭링의 마음씀도 모르는 채, 쑨원은 다시 나라 걱정으로 화제를 바꾸고 있었다.

신해혁명,
공화국을 향한 쑨원의 꿈

안녕하세요, 여러분. 노빈손 기자입니다.

중국이 1911년의 신해혁명을 통해 청 왕조를 무너뜨리고 공화정을 수립한 지도 벌써 백 년이 지났습니다. 백여 년 전, 서구 열강에 의해 경제적 수탈을 겪었던 중국은 이제 미국과 어깨를 나란히 하며 세계를 호령하는 'G2'의 일원으로 성장했지요. 이 혁명을 성공시킨 쑨원은 자신이 꿈꿨던 공화국이 수립되는 것을 보지 못하고 세상을 떴지만, 중국과 대만 두 나라가 모두 그를 건국의 아버지로 숭상하고 있습니다.

그가 주창했던 민족(民族), 민권(民權), 민생(民生)의 삼민주의(三民主義)는 중국 근대 혁명과 건국의 기본 정치 이념이 되었습니다. 공산국가인 중국과 자유민주주의를 선택한 타이완 모두가 이를 건국의 이념으로 받아들인 것입니다. 쑨원의 고향인 광둥 성에 있는 중산기념당에서는 하루에도 수천 명이나 되는 참배객이 찾아와 그를 기리고 있습니다.

왜 중국 사람들은 백 년 가까이 지난 지금도 쑨원의 말에 열광하는 것일까요? 그의 꿈은 과연 이뤄졌을까요?

중산기념당

66

신해혁명을 성공시켰으면 끝까지 밀고 나가야지, 왜 중간에 그만 두고 나오셨나요?

혁명에는 성공했지만, 나에겐 그 혁명을 이끌어갈 힘이 부족했다네. 황제를 퇴위시킬 군대도 없었고, 청나라 황실을 지지하는 일본을 막을 힘도 없었지. 만약 황실이 외국 세력이나 다른 군벌을 등에 업고 공격해 올 경우, 혁명이 무산될 수도 있는 상황이었어. 가장 중요한 것은 우리가 혁명을 통해 수립한 공화국을 지키는 것이었다네.

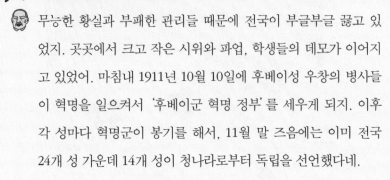

혁명은 어떻게 시작되었나요?

무능한 황실과 부패한 관리들 때문에 전국이 부글부글 끓고 있었지. 곳곳에서 크고 작은 시위와 파업, 학생들의 데모가 이어지고 있었어. 마침내 1911년 10월 10일에 후베이성 우창의 병사들이 혁명을 일으켜서 '후베이군 혁명 정부'를 세우게 되지. 이후 각 성마다 혁명군이 봉기를 해서, 11월 말 즈음에는 이미 전국 24개 성 가운데 14개 성이 청나라로부터 독립을 선언했다네.

아, 그래서 중국이나 타이완 모두 10월 10일을 기념하는 거로군요.

그렇다네. 중국은 혁명기념일이라고 부르고, 타이완은 쌍십절이라고 하지.

그런데 그때는 해외에 계셨죠?

나는 12월 중순에야 귀국해 난징에 들어왔네. 원래 내가 계획했던 것은 10월 9일 광저우에서 거사를 벌이는 것이었는데, 하루 전날 폭발 사고가 나는 바람에 무산됐지. 대신 바로 다음 날 우창에서 발발한 봉기가 신해혁명의 도화선이 됐다네.

그런데 어떻게 임시 대총통이 되셨죠?

내가 난징에 들어온 뒤, 청나라로부터 독립을 선언한 17개 성의 대표가 모두 난징에 모였어. 그리고 투표를 했지. 이때 임시 대총통으로 뽑힌 거야. 무려 16개 성의 대표들이 나를 지지했다네.

그때부터 이미 유명하셨군요.

내가 민족 · 민권 · 민생을 외치는 '삼민 주의'의 창시자 아닌가. 비록 해외에 머물렀지만, 끊임없이 국내 동맹 세력 과 연락을 하며 혁명의 이념을 제공해 왔지. 영국 등 유럽 신문에서도 여러 차례 중국의 혁명가로 소개되었고.

쑨원

그런데 삼민주의는 링컨 대통령의 게티즈버그 연설과 좀 비슷하지 않나요?

눈치챘구먼. '국민의, 국민에 의한, 국민을 위한 정부!' 젊은 시절 미국에 체류할 때, 그 연설에 무척 감명을 받았었지. 하지만 링컨의 연설은 민주주의의 원칙을 설명한 것이었고, 나의 삼민 주의는 민주주의(민권)뿐만 아니라 민족의 독립(민족)과 경제적 자립(민생)까지, 우리 중국에 가장 필요한 것들을 집약한 것이야.

 그런데 왜 임시 대총통 자리를 위안스카이에게 넘겨주셨어요?

 앞에서도 이야기했듯이, 우리가 어렵게 수립한 공화국 정부를 지켜야 했다네. 난징에 임시정부가 수립되고 내가 임시 대총통 이 되었지만, 힘이 약했지. 당시의 실력자는 위안스카이였어. 청 나라 황실과 관계가 돈독했던 일본은 위안스카이를 통해 우리를 짓밟으려 했고, 그는 자신의 명령만 따르는 '북양신군'을 거느린

69

청나라 최대의 군벌이었어. 게다가 위안스카이는 청나라 황실로부터 '혁명세력 소탕 명령'까지 받아 둔 상대였지.

흠, 완전히 혁명의 적이었네요. 그런 그가 어떻게 대총통이 되었죠?

그는 야망이 큰 사내였거든. 이미 그 시절에는 허울뿐인 청나라 황실의 명령을 받을 처지도 아니었고. 나는 베이징의 청나라 황실과 난징의 임시정부가 대치한 상황에서 위안스카이와 협상 테이블에 앉게 되었지. 당시 영국과 일본이 모두 위안스카이를 지지하고 있었으니 우리에게 불리할 수밖에 없었어. 내게 제일 중요한 것은 혁명으로 이루어 낸 정부를 지키는 것이었고.

🎤 그가 무슨 제안을 하던가요?

👤 자신이 청나라 황실을 버리고 혁명 정부를 돕는다면 뭘 줄 수 있
냐고 묻더군. 나는 청나라 황제를 퇴위시키고 공화국을 세울 것,
새 공화국의 수도를 난징으로 할 것 등을 제시했고, 그는 내 요
구 조건을 받아들였어. 대신 나는 총통 자리에 계속 있을 수 없
었지. 위안스카이와의 협상이 타결된 후, 나는 임시 대총통 자리
에서 사임했어.

🎤 임시 대총통이 된 지 불과 두 달도 되지 않았을 때였네요.

👤 왜 자꾸 그 이야기를 하는 거지? 어쩔 수 없는 선택이었다네. 내
가 물러난 뒤 17개 성의 혁명 대표들이 다시 투표를 했어. 그 결
과, 이번에는 위안스카이가 임시 대총통이 되었지.

🎤 정말 권력무상이라는 말이 맞군요.

👤 뭐라고 할 말이 없군.

🎤 쑹자오런의 암살은 어떻게 된 것인가요?

👤 내가 물러난 이후에도 혁명 정부는 민주주의 원칙에 따라 선거
를 치렀어. 쑹자오런은 중국 최초로 의원 선거 투표를 거쳐 제1
당이 된 국민당의 당수였고. 그는 누가 뭐래도 국민의 대표자였
지. 그러니 위안스카이가 보기엔 자신의 권력에 걸림돌이 되는
인물이었던 거야. 그가 대표로 있던 원내 제1당인 국민당은 내

가 이끌던 '홍중회'라는 조직과 쑹자오런의 '화홍회'라는 조직이 합쳐서 만들어진 것이거든. 내게 있어서도 쑹의 죽음은 국내의 모든 지지 기반이 사라지는 엄청난 사건이었지.

🎤 혁명 세력도 호락호락 당하지는 않았을 텐데, 그걸 그냥 넘겼나요?

😀 물론 위안스카이를 반대하는 봉기가 일어났지. 하지만 전국적으로 호응을 얻지는 못했어. 사람들은 혼란보다 안정을 원하고 있었거든. 위안스카이가 민주 인사들을 탄압하기 시작하면서 나역시 신변에 위험을 느꼈을 정도였으니까. 결국 나도 다시 일본으로 망명을 떠날 수밖에 없었어.

🎤 하지만 일본은 끝내 중국을 식민지로 만들려고 하지 않았나요?

😀 그게 아쉽네. 나는 오래전부터 서양의 제국주의 침략에 맞서서 아시아의 민족들이 힘을 합쳐야 한다고 생각해 왔어. 그러려면 무엇보다 중국과 일본이 힘을 합쳐야 했지. 그런데 일본은 힘이 생기자 유럽의 식민주의자들과 똑같은 길을 가고 말았어.

🎤 요즘도 중국과 일본 사이가 안 좋은 것은 아시죠?

😀 요즘도 그런가. 아시아의 중국·한국·일본 세 나라가 힘을 합쳐야 할 텐데. 이 세 나라는 화합이 필요할 때가 되면 꼭 다툼을 벌여. 그러면 누가 득을 볼지는 생각 않고 말이야. 그저 안타까울 뿐이네.

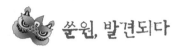
쑨원, 발견되다

　　상하이의 외국인들 사이에서 명물이 된 노빈손의 인력거는 외국인이 가장 많이 거주하는 프랑스 조계지에 머무는 날이 많아졌다.

　　손님을 내려주고 길가에서 한숨 돌리고 있던 어느 날이었다. 무심코 고개를 든 노빈손의 눈이 휘둥그레졌다.

　　"어라? 저 아저씨는······!"

　　무임승차 신사, 아니, 100위안짜리 지폐에 나오는 쑨원이 골목 안으로 걸어가는 것이 보였던 것이다. 그러나 처음에는 못 알아볼 뻔했다. 눈은 퀭하니 들어갔고 두 손은 축 늘어뜨렸으며 한쪽 다리는 덜덜 떠는 채 앞을 멍하니 보면서 걷고 있었다.

　　"그런데 모습이 왜 저래? 좀비가 걷는 줄 알았네."

　　노빈손은 몰랐지만, 그것은 바로 커피 금단 증상이었다. 상하이로 숨어 들어온 이후 커피를 단 한 잔도 마시지 못한 것이 원인이었다. 그래서 꽁꽁 숨어 있던 쑨원이 한 달 만에 노빈손에게 모습을 들킨 것이었다.

　　오랜 기간 해외에서 생활한 쑨원은

커피를 즐겼다. 당시만 해도 커피는 값비싼 사치품이었고, 차 문화
가 발달한 중국에서 카페는 찾아보기 힘들었다. 그러나 상하이만은
예외였다. 게다가 쑨원이 몸을 숨긴 쑹자수 저택 건너편 상가 1층에
작고 예쁜 프랑스풍 카페가 막 문을 연 참이었다. 드나드는 사람은
대부분 프랑스인이나 영국인, 미국인, 러시아인들이었다.
　쑨원은 담 너머로 보이는 그곳 카페에서 망중한을 즐기는 외국인
들이 부러웠다. 그러나 냉혹한 조국의 현실을 앞에 두고 그런 호사
를 누릴 수는 없었다. 손님도 대부분 외국인이니 그가 가면 바로 눈

에 띌 것이다. 그래서 줄곧 참아 왔다.

그러나 쑨원도 계속 집 안에만 있을 수는 없었다.

"나리, 어딜 가시려고요?"

쑨원이 밖으로 나설 채비를 하자 하인이 걱정스럽게 물었다.

"일본으로 가는 배편을 알아보려고 하네. 배에 탈 수 있는 표나 마찬가지인 두루마리가 내 손에 없는데, 마냥 그 날짜만 기다리고 있을 수가 없어. 영국과 프랑스 영사관에 기별을 넣어 두지 않으면 일이 더 잘못될지도 모르지."

쑨원은 그렇게 한 달 만에 밖으로 나섰다. 그러나 막상 거리에서 커피 냄새를 맡자 도저히 자제력을 발휘할 수 없었다. '딱 한 번만' 하면서 커피를 마시러 나온 날 이후, 그의 머릿속에는 매일 커피 생각뿐이었다.

노빈손이 쑨원의 뒷모습을 발견한 날도 그랬다. 쑨원은 커피를 마시려고 밖에 나왔다가, 가게가 문을 닫은 탓에 허탕을 치고 집으로 돌아가는 중이었다. 노빈손은 자전거 페달이 달린 최신식 인력거도 내팽개쳐둔 채 저택을 향해 달려가면서 외쳤다.

"잠깐만요, 아저씨, 요금… 아니 아니, 두루마리~!"

쑨원은 노빈손이 부르는 소리를 듣지 못한 채 대문 안으로 사라졌다. 노빈손은 어쩔 수 없이 대문 앞에 인력거를 두고 한참을 기다렸다. 하지만 나오는 사람이 없었다. 저녁나절이 되어 날이 저물고 있었으나 문은 여전히 열릴 낌새가 없었다.

'그렇다면, 쑨원은 이 집에 사는 것임에 틀림없구나!'

비록 하루를 종일 허비하기는 했지만 큰 성과였다.

'내일은 기필코 이 집에 와서 아저씨를 만나야지.'

쑨원을 찾으면 동동에게도 소개시켜 줄 참이었다. 지금은 친구 사이가 됐지만, '인력거 도둑'이란 누명은 벗어야 할 것 아닌가. 내가 좋아서 동동의 인력거를 끌고 달린 것이 아니라는 사실을 쑨원이 증명해 주면 동동도 오해를 풀겠지.

이미 거리가 어둑어둑해졌는데도 사람들이 많았다. 동동과 함께 살고 있는 중국인 거주지역과 달리, 프랑스 조계지는 밤마다 불야성을 이뤘다. 카페와 술집, 프랑스 식당 앞에서 잘 차려입은 신사와 숙녀들이 데이트를 즐기고 있었다. 오늘 같은 밤이면 노빈손도 프랑스 식당에서 외식을 즐기고 싶었다.

'에휴, 내가 왜 여기서 이러고 있지?'

갑자기 여자 친구 말숙이가 생각나면서 기분이 우울해졌다.

"에잇, 오늘은 빨리 집에 돌아가서 잠이나 자자!"

그렇게 중얼거렸을 때였다.

"헬로, 드라이버!"

"예스, 서!"

누군가가 인력거꾼을 부르는 소리가 들리자마자, 빈손은 손님을 향해 몸을 트는 것과 동시에 그 방향을 향해 달려가 섰다.

 상해임시정부

3·1운동 이후, 일본 통치에 조직적으로 항거하기 위해 1919년 상하이에 설립한 조선의 임시정부. 교통이 편리하고 쑨원이 이끄는 광둥 정부의 지원을 받을 수 있어 상하이에 세워졌다. 또 상하이에는 영국·프랑스·독일·미국 등의 조계지가 인접해 있기 때문에 일본의 영향력에서 벗어날 수도 있었다. 당시 독립운동가들은 자신들에게 가장 우호적인 프랑스 인사들의 도움을 받아 프랑스 조계지에 살면서 활동했다.

손님을 인력거에 태우고 페달에 발을 얹고서야, 노빈손은 퍼뜩 정신이 들었다.

"어라, 내 오늘 계획은 이게 아니었는데……?"

그러나 노빈손의 생각과는 상관없이, 그의 발은 이미 페달을 열심히 밟으면서 달려가는 중이었다. 실로 무서운 적응력이었다. 불과 몇 주 만에 노빈손의 몸은 진짜 인력거꾼이 되어 버린 것이었다.

다음 날 아침부터 노빈손은 저택 주위를 어슬렁거렸다. 동동한테 오늘은 일 안 나갈 거라고 이야기해 두고 온 터였다. 그러나 여섯 시간이나 대문을 지키고 앉아 있어도 개미 한 마리 얼씬하지 않았다. 배는 고파 오지, 시간은 흘러가지, 사람은 안 보이지. 집 안이 도대체 어떻게 되어 있는지 궁금해 미칠 지경이었다.

점심때쯤 근처를 지나던 동동이가 노빈손을 발견하고 다가왔다.

"너 여기서 뭐하니?"

"응, 일이 좀 있어서……."

"무슨 일이기에 돈도 안 벌고 앉아 있어?"

"내 인력거에 무임승차하고 내뺀 아저씨 있잖아. 그 아저씨가 사는 곳을 찾았어."

"어딘데?"

순간 동동의 눈빛도 반짝거렸다.

"바로 여기야, 으리으리하지?"

노빈손이 저택을 가리키자 동동이 놀라 말했다.

"이건 쑹자수 저택이잖아. 여기에 쑨원이 있다고?"

"왜? 여기가 유명한 곳이야?"

"이 집은 상하이 제일가는 부잣집이라고."

"그래? 몰랐네. 그나저나 잘됐다. 네가 온 김에 여기 내부를 한번 들여다봐야겠어."

"어떻게?"

"아무리 기다려도 사람이라고는 코빼기도 보이지 않아서 말이야. 등 좀 빌려 줄래?"

"뭐라고?"

노빈손은 대담하게도 동동의 무등을 타고 담 위로 고개를 내밀었다. 그러나 담장 안으로 들여다본 저택 안에는 사람 한 명 보이지 않았다. 잠시 고민하던 노빈손이 동동에게 말했다.

"들어가야겠어."

"어떻게?"

"문으로 들어가야지."

노빈손은 대문으로 달려가 문을 쾅쾅 두드리기 시작했다.

"저기요, 이봐요! 여보세요!"

아무리 두드려도 안에서는 인기척이 없었다. 그러기를 오 분이 지났을까.

"웬 놈이냐? 누가 남의 집 문을 부수려고

 임시정부란 무엇인가?

임시정부란, 나라의 헌법이 정한 절차에 의하여 세워진 게 아닌데도 사실상 정부의 역할을 하고 있는 기관을 가리킨다. 한 나라의 정부가 국제적으로 국가를 정당하게 대표하려면 국제사회의 승인을 받아야 하는데, 그 승인을 받지 못했기 때문에 임시정부인 것이다. 이러한 망명정부의 사례로, 제2차 세계대전 중 독일군에 점령된 나라들이 영국에 둔 정부, 이탈리아에 의한 에티오피아 합병 후 영국으로 건너간 하이레 세라시에 황제 정권, 캄보디아에서 내전이 벌어졌을 때 중국에서 받아들인 시아누크 연립정부 등이 있다.

작정을 했나!"

문이 삐걱 열리더니 장정 대여섯 명이 문 밖으로 쏟아져 나왔다.
약간 겁이 나긴 했지만, 노빈손은 도망가지 않았다. 어차피 문을 두
드릴 때부터 이렇게 되리라고 예상하고 있었다.

"너희들! 아까부터 여기서 뭐하는 거냐?"

"아, 누구를 좀 찾고 있는데요. 제 인력거에 무임승차하고 도망간
손님이 있어서요."

장정 중 한 명이 코웃음을 쳤다.

"그런 손님이 이 집에 있을 리 만무하지 않느냐. 이 집이 누구 집
인 줄 모르고 하는 소리냐?"

"모르겠는데요."

"허, 요놈 봐라. 여기는 상하이 최고 갑부 쑹자수의 집이다. 개인
인력거에 기사까지 두고 있다고. 그깟 인력거 값을 떼먹을까?"

"하지만 한 달 전에 제 인력거에 탔다가 돈도 안 내고 도망간 손
님이 어제 저녁에 이리로 들어가는 것을 봤
다구요."

"그래? 그게 누군데?"

"잠깐만 기다려 보세요."

노빈손은 주머니에 손을 집어넣고 속을
뒤지기 시작했다. 그가 주섬주섬 꺼내 든
것은 쑨원의 얼굴이 그려진 지폐였다. 얼굴
이 그려진 부분만 펴서 보여주자, 바보를

기억하나? 훙커우 공원

1932년 윤봉길 의사가 상하이에서
폭탄을 던져 일본제국의 주요 요
인들을 암살한 공원이다. 지금은
루쉰 공원으로 이름이 바뀌었다.
상하이 임시정부가 프랑스 조계지
에 있었던 반면, 훙커우 공원은 당
시 일본 조계지의 한가운데에 있
었다. 지금도 이 공원에는 일본인
들이 좋아하는 벚꽃이 공원 전역
에 심어져 있다.

쳐다보듯 하던 사내들의 태도가 사납게 돌변했다.

"어랍쇼! 그럼 봐라, 그 분이 틀림없지?"

"이 자식, 자객이야, 붙잡아!"

장정들이 한꺼번에 노빈손과 동동에게 달려들었다. 두 사람은 순식간에 밧줄에 꽁꽁 묶이는 신세가 되고 말았다.

"그것 보라고……. 내가 그냥 가만히 있자니까."

동동은 원망스러운 눈길로 노빈손을 쳐다보았다. 두 사람은 억센 사내들의 손에 꽉 붙들린 채, 옴짝달싹할 수 없는 상태가 되어 어딘가로 끌려갔다.

 ## 지폐를 사랑한 여인

"선생님의 초상화를 들고 숨어든 사람이 있다고요? 당장 이리로 데려오세요."

칭링은 경호원들의 보고를 받고 당장 노빈손을 만나겠다고 했다. 백주대낮에 쑨원의 초상화를 들고 집으로 숨어들다니, 대담해도 보통 대담한 것이 아니었다. 분명 전문적인 킬러나 무술을 연마한 자객일 터. 칭링은 떨리는 가슴을 쓸어 내렸다.

'진정해라, 칭링. 이 사실은 아직 선생님께 비밀로 해야 해. 선생님의 안전을 지키려면 내가 정신을 차려야지.'

잠시 후, 그녀의 앞으로 청년 두 명이 끌려왔다. 한 명은 아직 소년티가 남아 있는 청년이었고, 또 한 명은 변발을 하려다 실수로 머리를 전부 깎아 버린 듯한 대머리였다. 어수룩한 행색이나 외모만 보아서는 도무지 일류 자객으로 보이지 않았다. 조금 마음이 놓인 칭링은 그에게 말을 걸었다.

"사람을 찾는다며 초상화를 들고 난입했다고? 무슨 그림이지?"

"이겁니다."

옆에 서 있던 하인이 노빈손의 지폐를 내밀자, 칭링은 저도 모르게 반색했다. 쑨원을 사모하고 존경하는 그녀에게 있어서는 쑨원의 초상화가 각별하게 다가올 수밖에 없었던 것이다.

"어머, 이 그림 어디서 그렸니? 정말 잘 그렸다. 응? 이건 그냥 그림이 아니네? 지폐인가? 100위안? 위조지폐야?"

칭링이 묻자 노빈손이 겨우 입을 열어 변명했다.

"위조지폐는 아니지만… 여기서는 쓸 수 없어요."

"그럼 이게 뭐지?"

100년 뒤의 타이완 지폐라고 말해 봤자 수상한 녀석이라는 혐의가 짙어질 뿐이다. 노빈손은 그저 답답하기만 했다. 그러나 노빈손은 알지 못했다. 바로 그 순간, 칭링의

쑹칭링
(宋慶齡, 1893~1981년)
중국의 정치가로 쑹자수의 둘째 딸이자 쑨원의 부인이다. 쑹자수의 세 딸은 모두 중국의 유명인들과 결혼했는데, 첫째인 아이링은 재벌 쿵샹시와 결혼하여 '돈을 사랑한 여인'이라 불렸고, 셋째인 메이링은 국민당의 장제스와 결혼하여 '권력을 사랑한 여인'이라 불렸다. 쑨원과 결혼한 칭링은 '조국을 사랑한 여인'이라 불렸다. 쑨원이 죽은 뒤 국민당과 공산당의 연합을 위해 노력했고, 국민당 좌파로서 장제스와 대립하는 등 많은 활동을 했다.

눈을 통해 먼 훗날 발행될 중국과 타이완의 지폐 디자인이 싹트고
있었다는 사실을.

지폐를 든 칭링이 물었다.

"그런데 여기에 무슨 볼일이 있어서 소란을 피운 것이냐?"

"제 인력거에 무임승차한 손님을 찾고 있었어요."

"무임승차라니?"

"한 달 전에 상하이 역에서 제 인력거를 탄 손님이 돈도 안 내고
도망치셨다고요. 그분이 어제 이 집으로 들어가는 걸 분명 봤어요."

노빈손이 설명하자, 칭링의 표정에서 긴장감이 풀리면서 미소가 감돌았다.

"아, 그래. 네가 바로 인력거를 끈 대머리 총각이구나. 호호호."

"저한테 또 대머리라고 했어요? 그러면 그 아저씨 맞네. 분명히 대머리 아니라고 내가 강조했는데."

투정은 그쯤 하고, 노빈손은 본론으로 들어갔다.

"그분에게 인력거 삯을 받아야 하고요. 돌려드릴 것도 있어요."

"뭘 돌려준다는 거니?"

"인력거에 두고 내리신 물건이요."

칭링의 눈이 반짝거렸다.

'분명 선생님이 찾고 계시던 두루마리를 말하는 것이겠구나.'

상대의 경계심이 어느 정도 풀렸음을 확신한 노빈손은 묶인 팔을 뒤척거리며 칭얼거렸다.

"저기요. 이것 좀 풀어 주시면 안 돼요?"

"미안하지만, 잠시만 기다려 주면 안 될까? 네 말이 맞는지 아닌지는 직접 만나 보면 확실해질 터이니, 내가 가서 선생님을 모셔 오마. 여기서 잠깐 기다려라."

잠시 뒤 칭링과 함께 나타난 사람은 틀림없는 쑨원이었다. 노빈손의 눈이 반짝거렸다. 그를 본 쑨원 역시 탄성을 올렸다.

"맞구먼, 그때 그 총각이야. 어쩐지 다시 만날 것 같더라니 이렇게 찾아왔구먼."

"틀림없어요?"

쑨원의 신변을 보호하고 있는 칭링은 쑨원보다 의심이 많은지 다시 한 번 확인했다.

"그래요. 그러니 빨리 이 사람들 좀 풀어 주시게."

"아니요, 잠깐만요. 얘, 아까 그 선생님께 드리려고 한다는 물건은 어디 있니?"

노빈손은 입을 삐죽 앞으로 내밀어 등에 메고 있는 주머니를 가리켰다.

"이 안에 있어요. 그런데 이것부터 좀 풀어 주시면 안 되나요?"

"잠깐만 기다려."

칭링은 직접 노빈손의 가방을 뒤졌다. 그러나 가방 속에 두루마리는 없었다.

"없는데? 먹다 만 빵이랑 지도책뿐이야."

"에이, 잘 찾아보세요. 분명히 내가 항상 넣어서 다녔는데. 거꾸로 들어서 탈탈 털어 보세요."

급기야 칭링이 가방을 거꾸로 들고 털었지만, 그 안에 두루마리는 없었다. 노빈손의 눈에 당황한 기색이 역력했다. 두루마리가 없다니! 분명히 처음에 몇 번 꺼내 보고 난 뒤에는 등에 메고 다니는 주머니에 넣어 두고 손도 대지 않았는데 그것이 감쪽같이 사라진 것이었다.

상인들은 관우를 신으로 모신다

중국 기업, 특히 남방 지역과 타이완 지역의 가게나 사업가의 사무실에 가면 『삼국지』에 나오는 관우의 상을 모셔 놓은 경우를 자주 볼 수 있다. 이는 관우가 재물의 신이어서가 아니다. 관우는 자신의 의형제이자 상관인 유비에게 끝까지 신의를 지켰다. 상인들은 신의의 상징으로서 관우를 모시고, 자신도 상거래에서 신의를 지키는 사람이 될 거라는 의지를 보여 주는 것이다.

"말도 안 돼! 동동, 너 내 두루마리 못 봤니?"

"어, 못 봤는데……? 그게 거기 있었어?"

노빈손의 물음에 말끝을 흐리던 동동이 갑자기 생각났다는 듯이 외쳤다.

"맞아! 아저씨, 빨리 요금부터 내셔야죠. 빈손아, 이 아저씨지? 무임승차했던 손님."

"그래, 그래. 내 그때는 미안했네. 얼마면 되겠나?"

그때였다.

"안 돼욧!"

칭링이 갈라질 듯한 고음의 목소리로 외쳤다. 일순간 주위에 있던 모든 사람이 행동을 멈추고 얼어붙었다. 칭링이 날카로운 눈으로 노빈손과 동동을 쳐다보았다.

"그 분실물을 어떻게 했는지 알 수 없다면, 섣불리 놓아줄 수 없는 것 아니에요?"

"칭링, 왜 그러나. 이 총각들이 무슨 잘못이 있겠어. 그렇게 중요한 걸 인력거에 놓고 내린 내가 잘못이지. 노빈손 군, 혹시 하숙집 같은 데에 두루마리를 맡긴 것은 아니겠지?"

노빈손은 시무룩한 얼굴로 대답했다.

"아뇨, 제가 분명히 챙겨 뒀거든요. 그런데 그게 감쪽같이 사라졌어요."

**쑨원과 손문,
무엇이 다른가**

쑨원은 孫文을 중국식 발음으로 읽은 것이고, 손문은 한국식으로 읽은 것이다. 한국 국립국어원은 신해혁명을 기준으로 표기법을 다르게 쓴다. 신해혁명 이전의 역사적 인물들은 한국식 발음으로 표기하므로 공자, 맹자 등은 모두 우리 식으로 읽으면 된다. 반면 신해혁명 이후는 중국식 발음으로 표기하므로 손문도 '쑨원'이 된다. 잠깐, 그러면 신해혁명을 일으키기 전의 젊은 쑨원은 손문이라고 해야 하나? 헷갈리네~.

"그래, 내용은 봤는가?"

"네, 시가 한 수 적혀 있던데요. 값비싼 물건일 것도 같고, 아저씨를 만나면 즉시 돌려드려야 할 것 같아서 갖고 다녔죠. 그런데 아무래도 실수로 흘린 것 같아요."

쑨원의 표정에 초조한 기색이 역력했다. 노빈손과 동동 두 청년 역시 밧줄에 팔을 묶인 채 고개를 푹 숙이고 생각에 잠겼다.

도대체 두루마리는 어디로 사라진 것일까.

 두루마리를 찾아라

노빈손은 황비홍을 찾아 달려가고 있었다.

'아 정말이지, 왜 겁 없이 거기로 뛰어들었을까?'

후회막급이었다. 다짜고짜 쑨원을 찾아갔다가 괜한 의심만 사고 말았다. 쑨원의 비서인 칭링은 끝까지 경계하는 눈초리를 거두지 않았다. 뿐만 아니라 노빈손과 동동을 가둬 두어야 한다고 우겼다.

"지금 위안스카이는 선생님을 암살하기 위해서 혈안이 되어 있어요. 그런데 선생님의 위치를 아는 자를 그냥 풀어 준다고요? 안 될 말씀입니다. 여기서 한 발짝도 나갈 수 없어요."

베이징의 위안스카이에게 쑨원은 눈엣가시였다. 총통 자리에서 물러나게 만들었지만, 사람들은 여전히 쑨원을 지지하고 있었다.

쑨원이 앉았던 바로 그 총통 자리를 노리고 있는 위안스카이로서는, 민주주의를 주장하며 온 국민의 인기를 끌고 있는 쑨원을 그냥 내버려 둘 수 없었다. 쑨원과 잠시 손을 잡았던 것은 오로지 청나라 황실을 무너뜨리기 위해서였다.

"하지만, 제가 나가지 않으면 분실물은 영영 못 찾게 될 텐데요?"

노빈손이 반박하자, 칭링이 날카로운 눈으로 노빈손을 바라보며 작게 혀를 찼다. 그러더니 어쩔 수 없다는 듯이 고개를 끄덕였다.

"좋아, 그럼 넌 풀어 줄게. 하지만 이 동동이라는 청년은 안 돼. 네가 딴 마음을 먹지 못하도록 우리가 데리고 있어야겠어."

결국 노빈손은 두루마리를 찾아오겠다는 구실로 저택을 빠져나왔다. 동동을 인질로 두고 혼자 빠져나온 것이 내심 미안했다. 하지만 두루마리 이야기를 꺼낸 것만으로 자신을 순순히 풀어 준 것을 보니, 그 두루마리가 중요한 물건이라는 사실은 틀림없었다. 반드시 찾아야 했다.

거리로 나오는 노빈손의 머릿속에 떠오른 사람은 황비홍이었다.

"그래, 황비홍! 이 상하이 바닥에는 아는 사람도 없고 믿을 수 있는 친구도 없어. 하지만 황비홍도 상하이 출신이 아니잖아."

외지인인데다, 의협심도 강해 보였던 황비홍. 지금은 그 사람 외에 도움을 청할 만한 이가 떠오르지 않았다. 무슨 일이 생기면 오라며 황비홍이 알려준 주소는 '예원'이었다. 명나라 때 상하이 최고 부자가 지었다는 예원은 아름다운 정원이 딸린 대저택으로, 태평천국의 난이 발생했을 때는 소도회의 아지트로 쓰였던 곳이다. 그러나 지금은 어떤 사람들이 이용하는지 잘 모른다. 어쨌거나 노빈손은 예원으로 달려가기 시작했다.

'그나저나, 도대체 두루마리는 어디로 사라졌지? 분명히 가방에 넣어서 항상 갖고 다녔는데……'

노빈손은 달리면서도 오만 가지 생각이 다 떠올랐다.

"으하하, 이게 쑨원한테서 빼앗은 두루마리란 말이지?"

"예, 사부님. 직접 펴 보셔야 할 것 같아서 아직 열어 보지 않았습니다. 혹시 보물지도 같은 것 아닐까요?"

"바보냐 넌? 아니다. 이건 우리한테 보물이나 마찬가지야. 잘했어. 하하하."

웃음을 지을 때마다 장소림의 입이 묘하게 실룩거렸다. 웃는 것 같기도 하고 우는 것 같기도 한, 무척 괴기스러운 인상이었다. 당최 얼굴에서 표정을 읽을 수 없었다.

"어디 보자, 한번."

그는 잔뜩 기대에 부풀어 두루마리를 펼쳤다.

"음, 글씨가 좋은데……. 그런데 이게 뭔 소리냐?"

두루마리에는 한 편의 시가 쓰여 있었다.

소도회

청나라를 반대하고 명나라를 다시 세우자고 주장한 푸젠 성 천지회의 일파로, 허리에 작은 칼(小刀, 소도)을 차고 있어 소도회라고 불렸다. 1853년 태평천국의 궐기를 따라 상하이에서 봉기했고, 농민 궐기 세력과 제휴해 상당 기간 상하이의 중국인들에게 지배력을 행사했다. 그러나 태평천국 세력과 본격적으로 합류하기도 전에 프랑스와 영국의 원조를 받은 청나라 군대에 의해 진압됐다.

無事烏程縣 蹉跎歲月餘
不知芸閣吏 寂寞竟何如
遠水浮仙棹 寒星伴使車
因過外伯橋 莫忘四行書

오정현에 온 지 한 해 남짓
세월은 다 가고 얼마 남지 않았구나

알 수 없구나, 님이여
그대의 외로움이 얼마나 되는가를

저 멀리 떠도는 신선의 돛대여
차가운 별만이 수레를 벗하고 있구나

외백교를 지나가니
부디 네 줄 편지 쓰는 걸 잊지 마시오

"쑨원한테서 빼앗을 때 무슨 말 없었어? 도대체 무슨 내용이야?"
기가 찰 노릇이었다. 분명히 중요한 정보가 담겨 있는 문건일 거
라 생각했는데, 막상 펴 보니 편지 좀 보내 달라는 연애시라니…….
장소림이 화를 내자 왕손이 뒷머리를 긁적이며 대답했다.

"사부님, 그게……. 사실은 빼앗은 게 아니라 훔친 거라서."

"아니, 뭔지도 모르고 훔쳤다는 말이야?"

"그게 아니고요, 쑨원이 첫날 인력거를 탔을 때 흘리고 내린 것을 우리 정보원이 기회를 봐서 빼낸 겁니다. 분명히 고급 정보가 들어 있을 것이라는 확신이 있습니다."

"너네 바보니? 내가 이런 연애시나 얻어 보자고 너희들 급여 주는 줄 알아?"

"저, 사부님. 혹시 이거… 암호가 아닐까요? 스파이들은 암호로 정보를 주고받는다고 하던데요……."

왕손이 말끝을 흐리자 더 기세가 오른 장소림이 그를 닦달했다.

"그래서, 암호면? 이걸 어떻게 풀 거야? 그리고 뭐? 쑨원이 잃어
버린 것을 다시 몰래 빼내 왔다고? 내가 분명히 쑨원이 목표라고 이
야기하지 않았어? 상하이에서 쌍칼 애들한테 당하더니, 이제는 또
요상한 두루마리를 가져와서 나한테 믿으라는 거냐?"

"사부님! 쑨원은 걱정 마십시오. 이미 저희가 위치를 확인해서 감
시하고 있습니다. 쑨원을 태웠던 인력거꾼을 계속 미행한 우리 정보
원이 쑨원이 있는 곳으로 추정되는 장소를 알아냈습니다."

"직접 봤대?"

"그건 아니고요. 그 인력거꾼도 쑨원을 찾고 있는데, 요새 어떤
집 앞에서 하루 종일 서성인답니다. 아무래도 쑨원을 본 것 같다는
전갈입니다. 그러니 쑨원을 붙잡아서 고문
하면 두루마리의 내용에 대해 털어놓지 않
을까요?"

"그래? 그러면 사람을 좀 풀어야겠다. 이
두루마리에 들어 있는 정보를 풀려면 반드
시 생포해야지."

장소림은 이번이 절호의 기회라고 생각
했다.

'쑨원 암살 미수 때문에 베이징에서 점수
를 잃은 차인데, 두루마리의 비밀만 잘 파

**중국어를 할 줄 모르는
중국인도 있다?**
한국은 단일민족 국가이기에 국
민 모두가 같은 언어와 같은 문
자를 사용한다. 그러나 중국에는
한족 외에도 55개나 되는 소수
민족들이 있다. 소수민족 중에는
언어는 있는데 문자가 없는 민족
도 있고, 언어가 두 개 이상인 민
족도 있다. 이 때문에 중국에서
사용되는 언어는 80가지가 넘는
것으로 추정된다. 그러다 보니
중국 표준어를 할 줄 모르는 중
국인도 있다.

헤친다면 단순히 쑨원을 암살하는 것 이상의 뭔가를 얻을 수 있지 않을까?'

그렇다면 쑨원의 암살은 잠시 미루고 일단 납치로 계획을 바꿀 필요가 있었다. 더구나 쑹자오런 사건으로 전국의 시선이 상하이에 쏠려 있는 상황에서, 쑨원에게까지 변고가 생긴다면 운신의 폭이 좁아질 우려도 있었다.

'차라리 쑨원을 붙잡아 필요한 정보를 캐내거나, 아니면 쑨원과 두루마리를 함께 넘기는 편이 낫겠지.'

그렇게 판단한 장소림이 왕손에게 명령했다.

"쑨원의 몸에 손끝 하나 대선 안 돼. 반드시 살려서 이 두루마리에 담긴 내용이 뭔지 알아내야 한다."

"예, 알겠습니다."

비슷한 시각, 쌍칼의 발등에도 불이 떨어졌다. 쑨원을 찾았다는 전갈을 받은 것이다.

상하이 역에서의 암살이 실패한 이후, 만회할 기회를 찾고 있었지만 그게 좀처럼 쉽지 않았다. 쑨원의 행방은 묘연했다. 삼인방이 괴상한 인력거꾼을 은밀하게 미행하고 있었지만, 그는 진짜 인력거꾼처럼 돈벌이에만 관심이 있다는 보고였다. 오히려 하루 종일 인력거 따라 다니느라 힘만 들었다.

그러던 어느 날, 드디어 낌새가 왔다. 프랑스 조계지 인근의 대저택에 노빈손이 동료인 동동이라고 하는 청년과 함께 찾아갔는데, 한 시간 뒤 그 저택에서 혼자 나오더니 미친 듯이 어딘가로 뛰어갔다는 소식이 부하를 통해 들어왔다. 직감적으로 쑨원이 그곳에 있다는 생각이 들었다.

"따거, 어떻게 할까요?"

"어떻게 하긴 뭘 어떻게 해? 선수를 쳐야 돼. 자칫하면 장소림에게 빼앗길 수도 있어!"

마음이 급해진 쌍칼은 황급히 몸을 일으켜서 부하들을 이끌고 직접 쑨원이 머물고 있는 저택으로 달리기 시작했다.

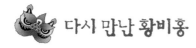 다시 만난 황비홍

비슷한 시각, 노빈손은 예원의 문 앞에 도착했다.

"황비홍을 만나러 왔어요! 문 좀 열어 주세요."

애타게 문을 두드리자 험상궂게 생긴 남자들이 나왔다.

"도대체 누구기에 함부로 황 사부 이름을 입에 올리는 것이냐!"

남자 한 명이 호통을 치자, 다른 남자가 나서며 거들었다.

"형님, 전 이 자가 누구인지 압니다. 상하이 인력거 시장의 물을 완전히 흐려 놓고 있는 녀석입니다. 외국인 손님들을 싹쓸이하고 인력거에 요상한 자전거를 붙여서 속도가 빠르다고 자랑한다나요?"

"잠깐, 잠깐! 듣자 듣자 하니 이 분들이 요새 시대의 흐름을 너무 모르시네."

노빈손은 두 손을 들어 그들을 가로막았다.

"저로 말씀 드릴 것 같으면 유행의 최첨단을 걷는, 상하이의 인기 스타라고요. 요즘 인력거의 최신 트렌드가 뭔지 아세요? 바로 자전거 결합형이에요. 직접 인력거를 끌면 속도도 속도지만 힘들어서 서너 팀만 태우고 나면 일을 못 해요. 그런데 자전거를 달면 앉아서 페달만 저으면 되니 정말 편하다구요."

"그 말을 어떻게 믿어?"

"아, 제 인력거를 보시라구요. 이 아름다운 라인! 끝내주는 속도! 손님에겐 인기 만점! 앞으로는 인력거가 전부 이렇게 바뀔 거예요. 최신식이죠."

"그, 그래서?"

"그러니 미리미리 새 걸로들 교체하시라는 말씀!"

노빈손은 마치 신형 자동차를 팔러 온 자동차 영업사원처럼 화려한 언변으로 사내들의 혼을 쏙 빼놓았다. 노빈손의 말에 그만 휘말려든 청년들은 저도 모르게 고개를 끄덕이며 이야기를 경청했다. 겉보기엔 우락부락했지만 사실 순박한 청년들이었다.

결국 노빈손은 청년들의 안내를 받아 황비홍이 있는 곳으로 들어갔다. 황비홍은 예원 안뜰에서 청년들을 상대로 무술을 가르

 아름다운 정원 예원

명나라 관료였던 반윤단이 부모를 위해 1559년에 짓기 시작하여 18년 만에 완성한 중국식 정원이다. 상하이 와이탄에서 남쪽으로 30분 정도 걷다 보면 나온다. 주인이 몇 차례 바뀌다가 아편 전쟁 때는 영국군에게 유물을 약탈당하고, 태평천국 군의 근거지로 사용되는 등 폐허가 되기도 했다. 1956년부터 복구가 되었고 현재는 상하이의 인기 관광지로 자리잡았다.

치는 중이었다. 그는 나라의 힘을 키우기 위해 무술을 수련하려는 민병들을 훈련시키고 있었던 것이다. 노빈손을 알아본 황비홍은 그의 이야기를 듣고 반색을 했다.

"뭐라고? 중산 선생님이 계신 곳을 찾았다고?"

"예, 여기서 멀지 않은 곳이에요. 쑹자수 저택에 계시더라고요."

황비홍은 노빈손의 손을 덥석 잡았다.

"역시, 자네는 뭔가를 해낼 것 같았다네!"

그러더니 제자들을 둘러보며 노빈손을 소개시켰다.

"이 분은 조선에서 온 청년으로, 택견이라는 무술을 연마하고 있는 고수라네. 이제 우리도 중국 무술만 익힐 것이 아니라, 해외 무술인들과의 교류를 통하여 국제적인 안목과 실력을 키워야 할 것이네. 이는 고수가 되기 위해 마땅히 갖춰야 할 태도로서, 범아시아적이고 세계적인… 왱알왱알……"

황비홍의 장광설이 시작되자, 노빈손은 졸지에 한중 친선을 위해 상하이를 찾은 무도인처럼 소개되고 말았다. 노빈손은 골치가 지끈거리는 것을 느꼈다.

'아, 이 오해를 어디서부터 풀어야 하나.'

해명하기엔 너무 늦었다. 자신이 택견 고수라고 철석같이 믿고 있는 황비홍의 얼굴을 마주 보고 그게 아니라는 말을 꺼내는 것은 너무도 두려운 일이었다. 일단 이 상황부터 벗어나야겠다는 생각에, 노빈손은 황비홍을 붙잡고 애절하게 물었다.

"황 사부, 그런데 계속 여기 계실 건가요?"

"아참, 내 정신 좀 보게. 그래, 그곳이 어디인가? 나랑 같이 가세."

황비홍은 노빈손의 안내를 따라 쑨원이 머물고 있는 저택을 향해 달려나갔다. 쌍칼이 부하들을 끌고서 출발한 것과 거의 비슷한 시각이었다.

인력거로 드라이브를 즐겨요

인력거는 개항기의 한국과 중국에서 널리 이용됐다. 일본에서 가장 먼저 등장한 교통수단으로 알려져 있다. 일제시대가 배경인 현진건의 소설 『운수 좋은 날』에 등장하는 주인공의 직업이 인력거꾼이다. 지금도 상하이에는 전동 자전거 뒤에 2인승 좌석을 붙여 짧은 거리를 운행하는 신식 인력거들이 있다.

 ## 쑨원 암살 계획

쌍칼의 부하들은 쑨원이 머물고 있는 저택 근처에 몸을 숨긴 채 문을 지켜보고 있었다. 소위 잠복근무였다. 조용한 것을 보니 아무 일 없어 보였지만, 지키는 사람들은 몇 명 있는 것 같았다. 그러나 몇 명이나 있는지, 어느 정도의 실력인지는 알 수가 없었다.

"어떡할까?"

"보나마나 동네 건달들이나 몇 명 데려왔겠지, 뭐. 확 그냥 들어 가 버려?"

"그렇게 쉽지는 않을 거야. 안에 몇 명이나 있는지 모르잖아."

"그래도 몇 명 없을 것 같은데."

"근처에 있는 가게들 탐문했지? 뭐라고 하든?"

"커피 가게 얘긴데, 누가 자주 커피를 시킨다고 하네. 그런데 누가 시켜 먹는지는 모르고, 항상 오후 늦은 시간에 정원에서 몰래 마시고 컵만 돌려준대."

"그래?"

부하 중 한 명이 입맛을 다셨다.

"그거 좋은 정보다. 숨어 들어갔다가 들키면 커피 배달 나왔다고 하면 되겠네?"

몰래 커피를 시켜서 마시는 사람은 쑨원이었다. 똑똑하고 충직한 비서 칭링은 쑨원이 커피를 좋아한다는 것을, 아니 커피를 습관처럼 마신다는 사실을 누구보다 잘 알고 있었다. 그래서 이따금 쑨원을 위해 커피 가게에 배달을 부탁했던 것이다. 하지만 그런 칭링도, 쑨원이 가끔씩 카페 출입까지 한다는 사실은 몰랐다.

노빈손을 만나 두루마리를 되찾을 수 있을 것이라는 기대감에 한껏 부풀었던 쑨원은, 두루마리의 행방이 다시 오리무중 속으로 빠져들자 마음이 진정되질 않았다. 새삼 커피 생각이 간절했다.

"칭링, 나 요 앞 커피 가게에 가 있어도 괜찮겠소?"

애써서 태연한 척 칭링에게 요청해 보았지만, 그녀는 단칼에 거절했다.

"안 돼요, 이런 때 밖으로 나가시다니요. 거기다 혈압 관리도 하셔야죠."

"음, 흠흠, 그야 그렇지만……."

쑨원은 입안이 바짝바짝 마르고 눈이 벌겋게 충혈되는 것을 느꼈다. 그것이 긴장감 때문인지, 커피를 마시지 못해서인지는 알 수 없었다. 어쨌든 커피를 한 잔 마시면 훨씬 나아질 것 같은 기분이 들었지만, 지금은 칭링이 옆에 있어 엄두도 낼 수 없었다.

"할 수 없군. 그러면 커피 가게가 있는 담장 근처로 갑시다. 혹시 배달이 되는지 좀 물어봐 줘요."

 중국에서 스타벅스가 인기 없는 이유

중국인들은 차를 즐겨 마신다. 대학이나 회사 등 많은 사람들이 모이는 곳에는 항상 뜨거운 물을 비치해 두고 있다. 택시기사들도 자신의 차를 플라스틱 통에 넣어서 가지고 다닌다. 그래서 스타벅스가 전세계적으로 커피 전문점 돌풍을 일으킬 때도, 유독 중국에서만은 인기가 없었다. 하지만 요즘은 젊은이들을 중심으로 커피를 마시는 사람들이 늘고 있다.

여차하면 집을 빠져나가 몰래 한 잔 마시고 들어올 기세였다. 그 모습을 본 칭링은 쑨원이 안쓰러웠다. 동시에 자신이 정신을 바짝 차려야겠다는 생각이 들었다.

'이거 방심할 수 없겠는걸.'

칭링은 옆에 바짝 붙어 쑨원을 감시했다.

두 사람이 있는 집의 대문 앞에 쌍칼이 도착한 것은 그때쯤이었다. 부하들을 모은 쌍칼이 낮은 목소리로 말했다.

"잘 들어, 지금부터 집 안으로 들어간다. 저택이니까 부엌에서 일하는 사람들이 다니는 문이 따로 있을 거야."

황제가 사는 자금성을 비롯해, 중국 대저택에는 주방에서 일하는 사람들이 많았다. 주방 식구들은 이른 새벽에 야채나 고기를 사 와야 하고, 심야 연회가 끝나면 설거지까지 마친 뒤 밤늦게 나가기도 해야 한다. 그때마다 대문을 이용할 수는 없는 법이라, 이들만을 위한 작은 문이 있었다. 자금성의 경우 황실 주방에 들고나는 것들만으로 그 주변에 작은 경제권이 형성되기도 했다. 오죽하면 '부잣집 주변에 살면 굶어죽지 않는다'는 말까지 나왔겠는가.

"식품이나 커피를 배달하는 걸로 위장해서 그 쪽문으로 들어간다. 그리고 바로 쑨원을 찾아 처리하는 거야, 알겠지?"

"총을 써도 됩니까?"

"상관없어. 하지만, 총은 최악의 경우에 사용한다. 저 안에 몇 명이나 있을지 모르는데 총소리를 내는 것은 '나 잡아 잡수' 하고 소문 내는 것이나 마찬가지야."

쌍칼 일행은 변장을 시작했다. 한 명은 커피 배달원으로, 한 명은 반찬 재료를 납품하는 사람으로 꾸몄다. 커다란 포대를 들고서 문으로 접근하자, 떡하니 통로를 가로막고 선 문지기가 콧구멍을 후비면서 물었다.

"무슨 일이신가?"

커피 배달원으로 변장한 쌍칼의 부하가 철가방을 열어젖혔다. 그 안에는 커피가 가득 담긴 잔이 두 개 들어 있었다.

"커피 배달 왔습니다."

그를 본 문지기가 알았다는 듯이 고개를 끄덕였다.

"들어가, 들어가."

커피 배달이라고 하니 무사 통과였다. 쑨원이 그동안 심심찮게 커피를 배달시켜 먹었다는 증거였다.

쌍칼 일행은 곧장 주방으로 향하지 않고 집 안 여기저기를 조심스럽게 살폈다. 하지만 일꾼 행색인 그들을 의심하는 사람은 없었다. 이윽고 그들의 눈에 담장 안에서 산책하는 쑨원의 모습이 포착되었다. 쌍칼은 쾌재를 불렀다. 그의 옆을 지키고 있는 것은 비서로 보이는 여성 한 명뿐이었다. 지금이라면 소리 없이 쑨원을 처리할 수 있을 것 같았다.

 자금성의 유래

자금성은 베이징에 있는 명나라와 청나라의 궁성이다. '자줏빛의 금지된 성'이라는 뜻으로, 영어로는 '금지된 도시(Forbidden City)'라고 불린다. 난징에 있던 명나라의 초창기 황궁을 그대로 본떠 지어졌다고 한다. 명나라가 망한 뒤, 만주족은 베이징을 점령하고서 모든 것을 그대로 두었다. 명나라의 궁궐도 불태우지 않고 자기들이 그대로 썼기에 지금까지 자금성이 남아 있을 수 있었다.

'역시 하늘이 돕는구나. 지금이야! 내가 쑨원을 덮쳐서 공을 세우면 되겠군.'

그런데 쌍칼이 덤벼들기도 전에 쑨원이 이들의 존재를 먼저 알아챘다. 그가 특별히 기민하거나 놀라운 오감을 갖고 있어서가 아니라, 코끝을 스치는 커피 내음이 쑨원의 본능을 자극했던 것이다. 쑨원은 콧구멍을 벌름거리며 먹이를 노리는 매처럼 고개를 돌렸다.

"오, 커피… 이것은 커피다! 누가 커피를 갖고 왔는가? 이보게들, 혹시 커피 배달 왔는가? 나는 시킨 적이 없는데……."

쑨원의 목소리가 너무도 큰 나머지 쌍칼 일행은 화들짝 놀랐다. 놀랄 일은 그뿐이 아니었다. 쑨원이 자신들을 향해 돌진하다시피 달려오고 있었던 것이다. 이걸 반갑다고 해야 할지, 당황스럽다고 해야 할지 모르겠는 상황이었다.

'가만, 이거 혹시 정체를 들킨 것 아냐?'

쑨원이 달려드는 그 짧은 순간, 쌍칼의 머릿속에서 별의별 생각이 다 스쳐 지나갔다. 결국 먼저 반응한 것은 쌍칼의 머리가 아닌 입이었다.

"야, 빨리 잡아!"

쌍칼의 고함과 동시에 쌍칼의 부하 삼인방이 쑨원과 칭링을 향해 달려들었다. 그제야 위험을 알아챈 쑨원이 반사적으로 칭링의 어깨를 감싸며 바닥에 웅크렸다. 그것이 겨우였다. 피할 곳이 없었다.

"잡아라!"

부하들이 쑨원과 칭링에게 덮쳐 드는 바로 그 순간이었다.

　"기다려!"

　누군가가 날아들며 양 발로 삼인방 중 이방의 가슴을 걸어찼다.
동시에 양 팔을 펼쳐 일방과 삼방의 몸통을 공격했다.

　"어이쿠!"

　"으악!"

　부하 세 사람은 순식간에 세 방향으로 튕겨 나가듯 뒤로 뻗어 버
렸다. 모두가 쓰러지고 남은 그 자리에 옷자락을 펄럭이며 내려선
사람은 다름 아닌 황비홍이었다. 좀 늦기는 했지만, 위기의 순간에

그가 등장한 것이었다.

한편 황비홍과 같이 온 노빈손은 쑨원에게로 달려갔다.

"선생님! 선생님, 괜찮으세요? 제가 황 사부님을 모셔 왔어요."

"이 목소리는, 노빈손?"

겨우 고개를 들고 주위를 살피는 쑨원을 향해 황비홍이 손을 내밀었다.

"중산 선생! 괜찮으십니까?"

"아, 황 사부! 상하이에 계신 것은 알았지만 연락할 방법이 없었는데, 이렇게 뵙게 되는군요."

두 사람의 해후를 보며 노빈손이 안도의 한숨을 쉬는 순간, 누군가의 주먹이 날아왔다.

"이크!"

주먹은 고개를 숙이는 빈손의 머리카락 한 올을 건드리면서 빗나갔다. 빈손이 숙인 머리를 다시 곧추세우자, 누군가의 턱과 머리가 부딪혔다. 일방이었다. 턱에 큰 충격을 받은 일방은 그 자리에서 큰대자로 뻗었다.

"멋지군, 택견 고수!"

이 모습을 본 황비홍은 엄지손가락을 세우며 눈을 찡긋해 주었다. 빈손은 아픈 머리를 문지르며 힘겹게 미소를 지었다. 그냥 고개를 숙였다가 세웠을 뿐인데 부하 한 명을 기절시킨 셈이 된 것이다.

'헐~ 이러다가 진짜 무술 고수가 되는 것 아니야?'

"아직도 더 해 볼 셈인가?"

황비홍이 주변을 둘러보았다. 황비홍이 나타난 이상 한낱 깡패인 삼인방으로는 역부족이었다. 세 사람은 일제히 쌍칼 쪽을 바라보았다. 그런데 쌍칼은 어느샌가 싸움에서 멀찍이 떨어진 채 지나가던 하인에게 말을 걸고 있었다.

"저기요. 배추 열 포기 배달 왔는데, 어디다 놓을까요?"

쌍칼은 그렇게 말하면서 자신들이 지고 온 대형 포대기를 가리켰다. 원래 안에 담긴 배추를 버리고 쑨원을 숨겨서 나가려고 가져온 자루 주머니였다. 천연덕스럽기 짝이 없는 연기에 놀란 삼인방이 입을 쩍 벌렸다. 쌍칼이 삼인방에게 눈짓했다.

'뭐해, 빨리 도망 안 가고!'

철수 지시임을 깨달은 삼인방은 허둥지둥 달려서 시궁문으로 도망쳤다. 그 모습을 본 집안의 식솔들이 우르르 몰려갔다.

"저 놈들 잡아라!"

쌍칼은 삼인방을 쫓는 식솔들의 모습을 보며 여유 있게 시궁문을 빠져나갔다.

그제야 겨우 왕손을 데리고 쑨원의 거처에 도달한 장소림은 문 밖에서 쌍칼 일당이 도망쳐 나오는 것을 목격했다. 상황을 대충 짐작한 소림의 속이 부글부글 끓었다. 또다시 쌍칼이 일을 망쳐 버린 것이다.

"쌍칼 자식! 왜 내가 무슨 일만 하려면 선수를 쳐서 훼방을 놓는 거지? 상하이 역

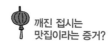

깨진 접시는 맛집이라는 증거?

중국 식당에서 간혹 이가 나간 접시에 음식을 담아 와도 화내지 말자. 중국인들은 '많은 손님들이 드나들었기 때문에 접시나 그릇의 귀퉁이가 깨져 나간 것이며, 그만큼 음식 맛이 입증된 것이다' 라고 생각한다. 괜히 그릇을 바꿔 달라고 했다가는 이상한 사람 취급을 받을 것이다.

에서 그러더니 이번에도 또 그러네."

거처를 들킨 이상, 쑨원은 더 찾기 힘든 곳으로 숨을 것이다. 그러면 두루마리의 비밀을 풀 길이 없어진다. 싯구에 담긴 암호를 풀어야만 하는 입장인 장소림은 이를 부드득 갈았다.

"어이구, 쌍칼 저 녀석은 아이큐가 저것밖에 안 되나? 앞으로는 저 녀석들이 끼어들지 못하게 만드는 게 제일 중요하겠어. 베이징에서는 도대체 뭘하고 있는 거야?"

그렇게 중얼중얼거리고 있는데, 분위기를 파악하지 못한 왕손이 장소림에게 물었다.

"사부님, 어떻게 할까요? 지금이라도 가서 쑨원을 납치할까요?"

"내 속이 터진다, 터져. 너나 쌍칼이나 똑같다. 이 분위기에 쑨원이 '나 잡아가쇼' 이러고 있겠니? 경계가 삼엄해졌을 게 뻔한데 그게 되겠어?"

"그러면 어디로 갈까요?"

"쌍칼이 여기를 찾아낼 정도라면, 아마 황비홍도 쑨원과 접촉했을 거야."

장소림이 잔인해 보이는 미소를 띠었다.

"그렇다면 숨을 곳은 예원밖에 없겠지."

황비홍은 쑨원의 손을 잡고 일으켰다.

"중산 선생, 다치신 곳은 없으십니까?"

**중국인들도
매운 맛을 좋아한다**

중국은 미식의 천국이다. 요리도 지역별로 차이가 크다. 쓰촨이나 후난 사람들은 우리보다 더 맵게 먹지만, 매운 것을 전혀 못 먹는 사람들도 있다. '중국 8대 요리'는 다음과 같다. ▲산둥요리(맛이 진하고 파·마늘을 많이 사용) ▲쓰촨요리(맵고 진한 맛으로 유명) ▲광둥요리(담백하고 해산물 많이 사용) ▲푸젠요리(달고 시고 짜고 향긋하다) ▲장쑤요리(재료의 원래 맛을 살리는 것이 원칙) ▲저장요리(신선하고 부드럽고 담백하다) ▲후난요리(시고 맵고 아릿한 맛) ▲안휘요리(구하기 힘든 재료를 많이 쓴다)

"네, 괜찮습니다. 황 사부께서 도와주시지 않았다면 큰일 날 뻔했습니다."

"때맞춰 왔군요. 여기 있는 노빈손 청년이 기별을 해 주어서 천만다행이었습니다."

쑨원과 함께 일어난 칭링은 다행이라는 표정으로 가슴을 쓸어내리며 말했다.

"황 사부님과 아는 사이였군요. 의심해서 미안해요, 노빈손 씨."

칭링은 바로 지시를 내려서 저택의 안쪽에 감금되어 있는 동동을 데리고 오라고 명했다. 황비홍은 걱정스런 표정으로 말했다.

"선생님, 거처를 옮기시는 게 좋겠습니다. 이런 일이 언제 또 있을지 알 수 없습니다. 제가 머물고 있는 예원으로 옮기시죠. 거기라면 무술가들도 많아 여기보다 안전할 겁니다."

"이렇게 습격까지 당했으니 여기 더 있기는 힘들겠죠. 그나저나, 저들이 제가 이곳에 있다는 것을 어떻게 알았을까요?"

쑨원이 그렇게 말하자, 칭링이 눈을 가늘게 뜨더니 마치 잡아먹을 듯한 기세로 한마디 쏘아붙였다.

"선생님, 혹시 몰래 커피 마시러 다니지 않았어요?"

"어허, 커피도 한 잔 마음대로 못 마신다니, 허 그 참……."

쑨원은 멋쩍게 헛기침할 뿐, 그 이상 아무 대답도 하지 않았다.

상하이

안녕하세요! 제 이름은 상하이예요, 중국을 대표하는 도시랍니다.

상하이 와이탄이니 동방명주니 하는 말, 들어 본 적 있으시죠? 수도인 베이징이 남성적인 도시라면, 저는 아주 '여성적인' 도시랍니다. 패션과 경제와 무역의 중심지죠.

미국을 예로 들자면, 백악관이 있는 워싱턴과 월스트리트로 대표되는 뉴욕이 각각 정치적 수도와 경제적 수도의 역할을 나누어 맡고 있잖아요. 중국도 그런 식으로 베이징과 상하이가 역할을 나눴다고 보면 돼요. 중국에서는 "상하이가 벌고, 베이징이 쓴다"라는 말이 유명하지요.

제 인생은 참 기구합니다. 저는 원래 중국 남쪽 바닷가의 조용한 포구였어요. 기차로 한 시간 정도 떨어진 난징이나 항저우, 쑤저우 같은 도시에 비하면 거의 알려져 있지도 않은 편이었죠. 13세기 중엽에 남송(南宋)이 해상무역을 담당하는 관청을 이곳에 설치하면서 처음으로 '상하이(上海)'라는 이름으로 불렸다고 해요. 그전까지는 그냥 바닷가의 이름 없는 포구였죠. 원나라 때 조금 도시가 커져서 상하이 현이 설치

되었고, 명나라 때는 면방 직업의 중심지로 성장하기도 했어요. 그래도 큰 도시는 아니었지요.

그런데 바닷가의 '시골 처녀' 같은 저를 딱 알아본 게 영국 사람들이 었지 뭐예요. 그 이후 참 많은 일들을 겪었지요.

■ 상하이의 등장

1840년의 아편 전쟁은 다들 아시죠? 원래 이 전쟁은 지금의 홍콩 근처인 광둥 지방에서 시작되었어요. 당시 청나라 황제는 영국에게 본때를 보여 주기 위해 엄청난 규모의 군대를 광둥 성으로 보냈어요. 또 영국 군함들을 함정에 빠트리기 위해, 그들이 올 것으로 예상되는 주장 강 입구에 쇠사슬을 쳐서 배를 침몰시킬 계략까지 세웠죠.

그런데, 영국 해군이 바보겠어요? 그곳을 피해서 전혀 예상치도 못했던 양쯔 강으로 군함이 올라왔지 뭐예요. 결국 난징이 함락되었고, 강가에 정박한 영국군 전함 위에서 난징 조약이 체결되었지요. 아마 그때 영국 사람들이 상하이를 눈여겨보았던 것 같아요. 황푸 강이 흘러와 양쯔 강과 합쳐지는 상하이는 양쯔 강 하구에 있는 가장 큰 포구였으니까요. 게다가 바다로 바로 나갈 수 있는 곳이기도 했구요.

난징 조약에서, 영국 사람들은 이 상하이에 자신들의 조계를 만들겠다고 했어요. 그래서 만들어진 게 바로 와이탄이에요. 지금도 고풍스런 서양식 건물들이 늘어서서 전 세계 관광객

와이탄

들을 끌어 모으고 있죠. 사진을 보면 바로 알 수 있겠지만, 바로크식이니 신고전주의니 고딕이니 하는 별별 양식의 서양 건물이 강가를 따라서 지어졌지요. 대부분 영국 사람들의 회사와 사교 클럽, 은행, 행정 관청 등이었어요. 비록 나라 전체가 아니라 도시의 일부였지만, 이곳만은 영국의 식민지나 마찬가지였죠.

영국 사람들만 들어와 살았다면 제가 그렇게 기구하지는 않았을지도 몰라요. 아, 물론 그때 저와 함께 영국령이 되어서 155년이 흐른 1997년에야 중국으로 반환된 홍콩의 처지가 저보다 나았다는 말은 아니에요. 하지만, 저는 홍콩에 비해 훨씬 많은 나라들이 짓밟고 간 역사를 갖고 있답니다. 왜냐구요?

일단 한번 빗장이 풀리니까 다른 나라들도 가만히 있지 않았어요. "왜 영국한테만 특혜를 주느냐"면서 프랑스 사람들이 달려왔죠. 영국과 프랑스가 당시 앙숙이었거든요. 두 나라는 미국 식민지에서도 다투었고, 동남아시아에서도 다투었지요. 그래서 인도차이나 쪽에서 영국이 지배했던 지역은 나중에 말레이시아로 독립했고, 프랑스가 차지했던 섬 지역은 인도네시아가 되었다는 거 알고 계시죠?

상하이에서도 그랬어요. 영국이 강가를 차지하자, 프랑스 사람들은 그 뒤의 도심구역을 차지하고서 프랑스 조계지를 만들었죠. 지금도 프랑스 조계지에 가면 아주 예쁜 2~3층 건물이 늘어서 있답니다.

영국과 프랑스만 있었으면 그래도 좀 편했겠죠. 미국, 러시아까지 달려들어 땅을 나눠 달라고 하더니, 나중에는 일본 조계지까지 만들어졌지 뭐예요. 남의 나라 도시에서 무슨 '땅따먹기'도 아니고……

■ 세계의 축소판 상하이

또, 상하이는 중국 공산당이 최초로 '전국 대표자 대회'를 가진 곳이기도 해요. 1921년 7월, 중국 공산당은 이곳에서 제1회 전국인민대표대회(전인대)를 열어 중국 공산당의 탄생을 알렸지요.

그 무렵 상하이는 이미 공업적으로 매우 발달한 대도시였어요. 미국의 보스턴이나 시카고 못지 않았죠. 전 세계의 기업가들이 상하이로 찾아왔고, 중국 어느 지역보다 많은 공장이 지어졌어요. 자연히 일자리를 찾는 사람들이 중국 곳곳에서 몰려들었지요. 당시에 상하이에서 가장 돈을 많이 버는 사업이 건축업이었다고 해요. 요즘 아파트처럼 수십 가구가 들어가는 3~4층짜리 집단 가옥이 많이 지어졌는데, 짓는 족족 다 분양이 되었다네요.

    그렇게 많은 사람들이 몰려들어 대도시로 발전했지만, 노동자들의 생활 수준은 매우 낮았어요. 노동자들의 불만이 높아지자, 자연스럽게 노동조합과 공산당 조직이 만들어졌어요. 상하이에서는 수시로 집회와 시위가 열렸죠. 1925년, 일본인이 운영하는 방적 공장에서 노동자를 학대한 사건 때문에 20만여 명이 파업한 '5. 30 사건'과, 1927년에 300여 명의 공산당 조직원들이 학살을 당하다시피 한 '4.12 사건'이 모두 상하이에서 벌어졌어요.

    2차 세계대전 때도 분위기가 살벌했지요. 영국과 프랑스, 독일과 일본 조계지의 경계가 서로 맞닿아 있다 보니 얼마나 아슬아슬했겠어요. 곳곳에서 크고 작은 총격전이 일어났고, 보이지 않는 곳에서 비밀 정보를 캐내기 위해 첩보전이 벌어지고 있었죠. 영화나 소설에서도 자주 무

대로 등장했기 때문에, 요즘도 '상하이' 하면
스파이를 연상하는 사람이 많아요.

이윽고 2차 세계대전으로 한바탕 큰 홍역
을 치른 후, 식민지를 지배했던 열강들이 본
국으로 철수하면서 겨우 모든 것이 안정되었
어요. 중국에서 가장 큰 영향력을 발휘했던
일본은 패전했고, 영국과 프랑스는 더 이상

상하이를 배경으로 한 첩보 영화

본국에서 멀리 떨어진 중국 땅의 조계지에 신경을 쓸 겨를이 없었죠.
그 유명한 '홍콩 상하이 은행(HSK)'도 상하이에 있던 본점이 홍콩으로
철수해 버렸고요. 상하이의 밤거리를 활보했던 청방이나 홍방 세력들
도 공산화된 상하이를 떠나 홍콩으로 옮겨 가서 홍콩 흑사회(黑社會, 마
피아)가 되었죠.

1949년 중화인민공화국이 세워진 이후, 상하이는 특별 관리를 받게
되었어요. 워낙 중국 내 다른 도시들에 비해 자본주의의 '물'이 많이
든 도시다 보니, 농민 중심의 혁명으로 정권을 잡은 중국 공산당 입장
에선 마음에 들지 않았던 거죠. 저 상하이는 이후 조용히 살아갔답니
다. 화려한 과거를 그리워하기보다는, 가난해도 무탈하고 모두가 비슷
비슷한 모습으로 살아가는 현실에 만족했죠.

■ 상하이 부활하다

그로부터 30년, 제게 다시 큰 변화가 일어나요. 마오쩌둥이 사망한

113

이후, 덩샤오핑의 집권과 함께 중국은 개혁개방의 시대로 접어들었는데요. 중국 정부는 홍콩과 인접한 꽝둥 지역과 상하이 지역을 맨 먼저 개발하기로 했어요. 지금도 중국에서 가장 경제가 발달한 선전, 주하이, 상하이가 바로 그렇게 개발된 거예요.

그리하여 상하이는 금융과 IT 기업들을 해외에서 유치하기 시작해요. 참 아이러니컬하죠. 아편 전쟁으로 외세 침략의 상징이 되었던 도시였는데, 이번에는 스스로 대규모 경제 개방 구역을 만들어 놓고 외국 자본들에게 들어오라고 손짓하기 시작하다니요. 이번에도 미국·영국·프랑스·일본의 기업들이 너도나도 상하이로 달려들었죠. 그 결과, 상하이는 순식간에 중국 경제의 발전을 견인하는 도시로 성장했어요. 현재 상하이의 1인당 GDP(국내총생산) 지수가 중국의 다른 지역보다 5~10배 높을 정도죠. 상하이 사람들의 생활 수준이나 물가는 이미 서울과 비슷한 수준이에요.

정치적으로도 상하이 출신들의 입김은 막강해요. 중국의 최고 정치권력을 가진 중국 공산당 정치국 내에 상하이 출신들이 모여 만든 '상하이방'이 있을 정도이니까요. 바로 장쩌민 전 주석이 상하이방의 수장을 맡고 있고, 현재 주석인 시진핑도 줄곧 우호적 관계를 맺어온 상하이방의 후원으로 주석 자리에 앉은 인물이지요.

이 정도면 중국에서 저, 상하이가 얼마나 중요한지 아시겠지요?

예원의 사람들

쑨원이 예원으로 거처를 옮기고 며칠이 흘렀다.

예원은 '청나라 타도'의 기치를 내건 태평천국의 난 때 소도회가 차지한 이후, 당시의 이념을 추종했던 사람들이 서로 돕고 세력을 키우며 살아가는 곳이었다. 현재는 외국인 거주지에서 장사를 하는 자영업자들의 권리를 보호해 주는 조합 역할도 하고 있었는데, 이들을 청방이라고 불렀다.

청방 사람들은 은밀하게 무기 사용법을 익히고 무술도 수련하며 힘을 키우고 있었다. 하지만, 이런 활동은 외부에는 철저히 비밀로 붙여졌다.

국가의 경찰력이 구석구석까지 미치지 못하던 시절, 청방은 상하이의 치안 유지 기능도 일부 담당하고 있었다. 청방의 지도자 두웨성이 쑨원과 연을 맺은 것도 그런 이유에서였다. 난징에서 신해혁명이 일어나고 혼란해진 시기에, 누군가 무력으로 도시의 치안을 유지해 줄 사람이 필요했던 것이다. 그 역할을 맡아 준 것이 인근 상하이에서 건너온 두웨성이었다. 또 두웨성은 쑨원의 혁명에 자금을 대기도 했다.

이후 쑨원과 두웨성은, 정치인과 청방의 지도자로서 입장은 달라도 서로 드러나지 않게 도움을 주고받는 사이로 발전했다. 쑨원이 칭링의 집에 숨어 있을 때도 두웨성이 은밀하게 경호 업무를 맡고 있었다. 그런데 이제는 황비홍이 그 일을 담당하게 된 것이다.

청방 세력을 이끄는 두웨성과 광둥에서 온 황비홍은 예원 깊은 곳의 작은 방에서 얼굴을 마주했다. 자신의 힘만으로도 쑨원을 안전하게 지켜 줄 수 있다고 생각한 두웨성은 굳이 황비홍까지 가세한 것이 못마땅했다. 그가 굳이 쑨원을 만나겠다며 광둥을 떠나 상하이까지 온 것도 마음에 안 들었다.

'쑨원 선생은 내가 지켜 드릴 건데 굳이 여기까지 오다니, 나를 못 믿는단 말인가?'

하지만 황비홍은 두웨성과는 다르다. 중국 대륙에서도 유명한 무도인이었다. 반면 두웨성은 한낱 마피아에 불과했다.

두웨성이 황비홍에게 입을 열었다.

"황 사부, 저희가 총통님을 잘 지켜 드릴 수 있었는데… 굳이 직접 모시고 계시니 좀 섭섭합니다."

"중산 선생의 목숨을 노리는 자들이 집까지 숨어들지 않았소이까. 지금은 서로 힘을 합해야 합니다."

"제 수하들을 풀어놓았으니 곧 어떤 녀석들의 소행인지 알 수 있을 것입니다."

사실 두웨성은 이번 사건이 쌍칼파의 소행이라는 사실을 대충 짐작하고 있었다. 하지만 물증이 없었고, 직접 목격한 사람도

태평천국의 난

태평천국(1851~1864년)은 청나라 말기에 '배상제교'라고 하는 일종의 기독교 집단이 세운 나라다. 교주인 홍수전을 천왕이라고 칭하고 난징에 도읍을 정하여 청나라를 위협했다. 그러나 실제로는 여기저기 떠돌아다니는 경우가 많았다고 한다. 아편 전쟁에서 진 청나라가 계속 세금을 거둬들이며 백성들의 피를 쥐어짜자 많은 이들이 태평천국에 동조했다. 재산을 공유하고 토지를 고르게 분배하자는 사회주의적 성격, 기독교적인 배경, 청나라에 반대하는 민족주의적 움직임 등 다양한 요소가 결합되어 있었다.

없었다.

"사실 선생께서 어디에 계시든, 이곳 상하이는 결코 안전한 지역이 아니지요. 저희가 지켜 드리는 데도 한계가 있을 것이고, 언젠가는 다시 바깥 출입도 해야 하실 텐데, 그때 또 무슨 일이 생길까 걱정입니다."

"그 말씀은 저도 동감입니다."

두 사람은 쑨원이 이곳 상하이에 계속 거처하는 것이 결코 이롭지 않다는 결론을 내렸다.

"황 사부, 그러면 어떻게 하는 것이 좋겠습니까."

"말씀을 드리기는 해야 할 텐데요, 어떻게 얘기를 꺼내야 할지 걱정입니다."

두 사람이 대화를 주고받고 있는데, 쑨원이 방으로 들어왔다. 쑨원은 짐짓 아무 말도 못 들은 척 말했다.

"두 분께 제가 너무 큰 폐를 끼치는 것은 아닌지 모르겠습니다. 오늘 보니 많은 분들이 저 한 명 때문에 이곳에 모여 불침번을 서고 계시더군요."

두웨성이 손을 휘휘 저으며 대답했다.

"무슨 말씀이십니까. 우리 중화민국의 지도자이신 쑨 선생을 이렇게 가까이 모시게 되어 무한한 영광입니다. 저희 식솔들도 다 비슷한 생각입니다."

"그렇게 생각해 주시니 제가 더 고맙습니다."

쑨원은 머리를 깊이 숙였다. 황비홍이 물었다.

"그런데 이 야심한 시각에 무슨 일로 저희를 찾아오셨습니까?"

"한 가지 상의 드릴 일이 있습니다."

"말씀하시죠."

"저희가 힘 닿는 데까지 도와드리겠습니다."

황비홍과 두웨성이 거의 동시에 말했다. 쑨원이 입을 열었다.

"사실은 일본으로 가는 배를 타려고 합니다."

황비홍과 두웨성은 누가 먼저랄 것도 없이 고개를 끄덕였다. 겉으로 내색할 수는 없었지만, 자신들로선 꺼내기 힘든 말을 먼저 입밖으로 내어 준 쑨원이 고맙기도 했다. 한마디로 '고생 끝'이었다. 쑨원 역시 주위 사람들에게 짐이 되는 것을 더 이상 원하지 않았던 것이다.

두웨성이 입을 열었다.

"그러면 저희가 배편을 알아봐 드리면 되겠군요."

"아닙니다. 배편도 다 정해져 있습니다."

"언제 떠나십니까?"

"사흘 뒤입니다."

"사흘 뒤라. 그렇다면 상하이 항에서 배를 타실 때까지 저희가 안전하게 모셔다 드리겠습니다. 그날이 사자춤 대회가 열리는 날이라 좀 혼잡스럽기는 한데, 별일은 없을 겁니다."

두웨성
(杜月笙, 1888~1951년)

상하이에서 태어나, 20세 무렵 암흑가의 우두머리가 되어 프랑스 조계의 아편 매매 총본산인 '동흥공사'를 경영했다. 또한 청방의 수령이 되었고, 이후 중국 상류층으로 세력을 확장해 나갔다. 민족주의적인 성향도 강해서 젊은 시절 신해혁명 때 쑨원을 도왔다고도 하며, 나중에는 정치인으로서도 활동했다. 중일전쟁 시기 상하이 경제를 지배했고, 1949년 마오쩌둥과 만나 상하이를 중립지구로 만들려 했으나 무산된 후 홍콩으로 이주했다.

쑨원이 난처한 얼굴로 말했다.

"사실은 그것만이 문제가 아닙니다. 두루마리가……."

"두루마리라니오?"

"거기에 배편과 정확한 시간을 적어 뒀는데, 그걸 잃어버렸습니다. 물론 내가 배편과 시간을 기억하고 있어서 타는 데에는 문제가 없지만, 혹시라도 이번 사건을 주도했던 일당의 손에 들어가서 예상치 못했던 일이라도 생길까 봐 걱정이 될 따름입니다."

게다가 차마 이 두 사람 앞에서 말하지는 못했지만, 사실 그 종이 밑에는 자신을 지지해 준 후원자들의 명단도 있었다. 그것이 어디에 악용될지 모르는 일이었다.

"두루마리를 찾지 못하고 상하이를 떠나기도 찜찜해서요. 그걸 무슨 일이 있어도 다시 찾아야 합니다."

"설마 무슨 일이야 있겠습니까. 만약 무슨 일이 생긴다고 해도, 저희가 있으니 걱정하지 마세요."

두웨성은 아무 일도 없을 것이라고 자신하는 듯 주먹을 쥐어 한쪽 가슴을 치며 호탕하게 말했다.

"저희 청방 조직을 총동원해서 그 두루마리를 찾아내도록 하겠습니다, 하하하."

"그렇다면 다행이지만, 어쨌든 사흘 뒤에는 떠나야 합니다. 그때까지 두루마리를 찾을 수 있다면 안심이 될 것 같습니다."

결국 쑨원은 두루마리의 또 다른 비밀을 말하지 않았다.

상하이 탈출 작전

한편 쑨원을 따라 예원으로 옮겨 온 노빈손과 동동은, 그 유명한 예원의 정원을 제 집처럼 돌아다녔다. 현대 중국에서도 손꼽히는 건축물인 이곳은 잘 가꿔진 정원으로 유명하다. 하지만, 과거에 떨어진 노빈손의 눈으로 보기엔 분위기가 현대와는 많이 달랐다. 곳곳에 무술을 연습하는 사람들이 있었고, 창고에는 병장기가 가득했다. 벽에는 용 그림이 그려져 있었다.

태연한 노빈손과 달리, 동동은 병장기와 용 그림만 보고도 놀라서 오금이 저린다는 표정을 지었다.

"왜 그래, 동동?"

"여기 분위기 이상해. 왜 용 그림이 이렇게 많아? 뭐하는 사람들이지?"

예원 뜰에서 환호성이 올랐다. 무슨 일인가 가 보니, 한 무리의 사람들이 사자춤 연습을 하는 중이었다. 동동이 흥분한 표정으로 말했다.

"아, 맞아. 이제 며칠 후에 사자춤 대회가 열리지. 나도 꼭 한번 나가 보고 싶었는데……."

"사자춤 대회?"

황제를 상징하는 용

용은 고대 이집트 · 바빌로니아 · 인도 · 중국 등 문명의 발상지에서 오래전부터 상상되어 온 동물이다. 용은 신화나 전설의 중요한 인물로 등장하였을 뿐만 아니라, 민간 신앙의 대상으로서도 큰 몫을 차지해 왔다. 또한 장엄하고 화려한 이미지 때문에 위인과 같은 위대하고 훌륭한 존재로 비유되었고, 특히 왕이나 황제의 상징으로 사용되었다.

"2인 1조로 사자탈을 쓰고서 춤을 추고, 높은 곳에 매달린 박을 터뜨리는 대회야."

마당 한쪽의 정자에는 황비홍과 두웨성, 쑨원 세 사람이 모여서 사자춤을 연습하는 사람들을 보며 두런두런 이야기를 나누고 있었다. 그를 본 노빈손이 정자를 가리켰다.

"어, 황 사부님이시다. 쑨원 선생님도 계시네요?"

쑨원의 손에 사자탈이 들려 있는 것을 본 노빈손은 고개를 갸우뚱했다.

"우아, 선생님도 사자춤을 연습하시나 봐요."

쑨원은 머쓱한 목소리로 답했다.

"어, 그게 아니고… 나는 말야, 초반에만 사자춤을 추다가 여기를 슬쩍 빠져나가려고 한다네."

쑨원의 말을 들은 황비홍이 이맛살을 찌푸렸다.

"아니, 선생님. 그런 일급 기밀을 함부로 말하시면 어떡합니까."

"허허, 이 청년들도 알아야죠. 어차피 그날 내가 빠져나가려면 노빈손 군의 인력거가 필요하지 않겠소. 상하이선 이 총각 인력거가 가장 빠르니까. 그러려면 내가 빈손 군이랑 한 조가 되어야 하겠는 걸, 허허허. 문제는 상하이 항까지 제시간에 맞춰 가는 것이니까."

쑨원이 웃으며 말하자 황비홍이 떨떠름한 얼굴로 말했다.

"하여튼, 그날까지는 조심해야 합니다."

이것이 '쑨원 상하이 탈출 작전'이었다. 사자춤 대회가 벌어져 혼란스러운 틈을 타 쑨원이 직접 사자탈을 쓰고, 거리를 가득 메운 인파에 섞여 들었다가 적절한 시점에 상하이 항으로 은밀하게 빠져나가자는 내용이었다. 두웨성도 끼어들었다.

"총통 각하, 저희 청방 사람들을 가급적 많이 보내서 그날 분위기를 어수선하게 만들어 드리겠습니다. 하하하."

"고맙습니다. 최대한 많은 사람들이 참가해서 사자탈을 뒤집어쓰고 춤을 추는 팀이 많을수록 좋죠."

"그러면 그냥 인파에 섞여서 빠져나가도 되겠군요. 누가 거기 선생님이 계실 줄 알겠어요?"

대화를 듣던 동동이 갑자기 무어가 생각난 듯 말했다.

"빈손아, 우리 이제 나가자. 인력거를 길가에 아무렇게나 세워 뒀는데 누가 끌고 가지나 않았는지 모르겠다."

"그렇네. 견인차가 와서 끌고 갔거나, 불법주차 딱지를 붙였을지도 모르지."

"뭐라고? 견인차? 불법주차? 그게 뭐야?"

노빈손은 아차 싶었다.

"아니, 농담이야. 혼자 해 본 말이야."

"넌 정말 가끔씩 이상한 말을 하더라."

동동이 21세기 한국의 불법주차나 견인차를 알 리 만무했지만, 노빈손은 점점 과거의 상하이와 자신이 살던 현실을 구분하기 어려운 상황으로 빠져들고 있었다.

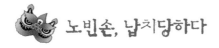

노빈손, 납치당하다

노빈손과 동동은 다시 인력거를 끌고 거리로 나갔다. 두루마리 때문이었다. 어떻게든 두루마리를 찾아야 쑨원이 안심하고 상하이를 무사히 빠져 나갈 수 있을 터였다. 노빈손은 죄책감까지 느꼈다. 만약 쑨원이 상하이에 있을 동안 무슨 일이 생긴다면 모두 자기 책임일 것 같았다.

무작정 길에 나오긴 했지만, 어디서 두루마리를 찾아야 할지 막막했다. 혹시 땅에 떨어뜨리지는 않았는지, 땅바닥만 보고 다녔다. 두루마리 비슷한 것을 들고 가는 사람이 있으면 따라가 보기도 했다. 그러나 시간은 넉넉하지 않았다. 출항 일자는 어느덧 사흘 앞으로 다가와 있었다.

노빈손은 오래간만에 푸싱루 거리에 있었다. 주로 술집과 댄스홀이 많아 낮에는 갈 일이 없는 곳이었는데, 손님 한 명이 가자고 했다. 얼굴 인상이 그다지 좋지 않은 손님이었다. 그는 어느 2층 건물 앞에서 인력거를 멈추게 했다. 그러더니 돈도 안 주고 2층으로 올라가 버리는 것이 아닌가.

"손님, 요금을 내셔야죠."

"잠깐 기다려. 내가 지금 위 사무실에서 돈을 받기로 되어 있으니 내려와서 줄게."

대뜸 반말이었다. 노빈손은 한마디 쏘아붙이고 싶었지만 참았다. 오른손이 비정상적으로 큰 사람이었다. 왼손은 오른손에 비하면 아기 손 같았다.

노빈손은 별 수 없이 그를 기다렸다. 올라간 손님은 10분이 지나도록 감감무소식이었다.

'또 무임승차인 거야? 그런 거야?'

혼자 생각하고 있는데 그 손님이 2층 창

절로 어깨춤이 나는 사자춤

중국뿐만 아니라, 사자라는 동물이 살지 않는 우리나라와 일본에도 사자춤이 있다. 아마도 서역에서 불교와 함께 전해진 것으로 추정된다. 인도에서 만들어진 불상을 보면 가장 용맹스러운 동물 가운데 하나인 사자가 조각되어 있다. 오늘날 사자춤이 가장 보편화된 곳은 중국이며, 예술성이나 종교적 색채보다는 대중을 위한 오락성이 짙다.

문에서 고개를 내밀었다.

"어이, 인력거꾼. 여기 올라와서 돈 받아 가지?"

노빈손은 2층으로 올라갔다. 계단이 금방이라도 무너질 것처럼 삐걱거렸다. 험상궂은 얼굴의 남자 두세 명이 2층 복도에서 입구를 지키고 서 있었다. 그를 보자 금세 후회가 몰려왔다.

'애고, 그냥 돌아갈걸……'

그러나 발길을 돌이키기 전에 사내들이 말을 걸었다.

"어이, 거기 뭐하는 놈이야?"

"저, 인력거 기사인데요. 여기까지 타고 오신 손님이 돈 받으러 올라오라고 해서요."

🏮 코카콜라가 입에 맞고?

중국어는 뜻글자인 한자 때문에 외국어를 표현하는 데 어려움이 많다. 하지만 때로는 음도 비슷하고 의미도 통하는 기막힌 말이 만들어지기도 한다. 예를 들어 코카콜라는 '커커우커러' (可口可樂, 가구가락)라고 비슷한 소리를 내는 한자를 쓰는데, 뜻도 '입에 맞고 즐길 만하다'로 통한다. 인터넷은 그물망처럼 이어졌다 해서 '왕루' (網路, 망로)라고 부른다. 컴퓨터는 '디엔나오' (電腦, 전뇌)로 '전자 두뇌'라는 뜻이다. 해커는 흑객(黑客, 검은 손님)이라고 쓰는데 중국어로 읽으면 '헤이커'라 소리도 비슷하다.

"그래? 하하하, 들어가 봐."

남자들은 노빈손의 대답이 끝나지도 않았는데 자기들끼리 낄낄거리면서 웃어 댔다. 머리부터 발끝까지 무례한 자들이었다.

문을 열고 들어서는 순간, 노빈손은 뭔가 잘못되었음을 직감했다. 문을 열자마자 눈에 띈 것은 방 한쪽에 웅크린 채 고개를 숙이고 있는 사람들이었다. 줄잡아 여남은 명은 되었는데, 발목은 쇠사슬 같은 것으로 묶여 있었다.

'어, 감옥은 아닌데 이게 뭐지? 일단 도망가는 게 상책이다.'

누가 알아볼새라 살금살금 뒷걸음질을 치는데, 등에 뭔가가 부딪쳤다. 복도를 지키고 서 있던 녀석들이 노빈손의 뒤를 따라 들어온 것이었다. 택시를 탔던 오른손이 큰 손님, 왕손이 그에게 다가왔다. 그 뒤에는 장소림이 서 있었다.

"어이, 들어올 땐 마음대로 들어왔을지 몰라도 나갈 땐 아니지."

'아뿔싸! 함정이었구나.'

노빈손은 속으로 탄식했지만 이미 늦은 뒤였다.

"인력거꾼 네놈이 제 발로 여기까지 기어 들어올 줄 알았다."

장소림은 노빈손의 얼굴을 정확하게 기억하고 있었다. 하기야 노빈손의 특출난 얼굴은 한번 보면 좀처럼 잊기 힘든 외모이긴 했다.

장소림이 캐묻듯이 물었다.

"쑨원 어디 있어?"

"네? 쑨원이 누구예요?"

"이 녀석 능청 떠는 것 좀 보소. 애들아! 손 좀 봐줘라."

두 명의 건장한 남자가 노빈손에게 달려들었다. 한 명은 노빈손의 몸통을 꼼짝 못 하게 붙들었다. 나머지 한 사내는 새 깃털을 들고 다가왔다. 기겁한 노빈손이 몸부림을 쳤지만 꿈쩍도 하지 않았다.

"아, 안 돼! 뭘 하려는 거야!"

깃털을 든 사내가 징그럽게 씨익 웃었다. 그러더니 부드러운 깃털을 노빈손의 코밑에 대고 살살 간지럼을 태웠다.

"에취!"

노빈손이 참지 못하고 재채기를 했다.

"에이 더러워, 침이 다 튀었잖아!"

불평하던 사내는 이어 겨드랑이를 간질이기 시작했다. 그래도 안 되자 신발을 벗겨서 발에도 간지럼을 태웠다. 정말 참기 힘들었지만, 노빈손은 입을 앙다물었다.

"이래도 말을 못 해?"

"쑨~원~이~ 누~군~데~요?"

노빈손이 간지럼을 애써 참으며 한 자 한 자 끊듯 말했다.

"지독한 놈이군. 이봐, 다른 방법을 써 봐."

장소림이 지시하자 이번에는 왕손이 앞으로 나왔다. 비정상적으로 큰 오른손이 노빈손의 이마로 다가왔다. 그러더니 무지막지하게 큰 가운데 손가락을 노빈손의 이마에 대고 딱밤을 때렸다.

"아얏!"

겨드랑이와 발은 간지럽히면서 이마에는 고통을 주는, 인간으로서는 상상도 못 할 고문이었다. 노빈손은 하마터면 '예원'이라고 말할 뻔했다. 그러나 그 답은 장소림의 입에서 먼저 나왔다.

"예원이지? 예원에 있지?"

"헉!"

노빈손은 혼미한 정신 가운데 놀라 고개를 쳐들었다. 그를 본 장소림이 고개를 끄덕였다.

"그 반응을 보니 역시 예원에 있는 게 분명하군."

노빈손은 아차 싶었으나 이미 때가 늦어 버렸다.

"이쯤 했으면 됐다. 저기 처박아 놔."

장소림은 인력 해외 송출 사업도 벌이고 있었다. 대기실에서 노빈손이 목격한 사람들은 미국으로 갈 예정이었다. 그 무리에 노빈손을 집어넣으려는 것이었다.

"쑨원에 대해 말하기 싫으면 하지 말든가. 우리야 뭐, 네가 말 안 해도 정보를 캐낼 사람 많아. 넌 그냥 외국에 팔아먹으면 되지."

노빈손은 억센 손길에 이끌려 한쪽 귀퉁이로 끌려갔다.

인력 송출 사업이란 미국의 금광으로 쿨리(중국인 노동자)들을 팔아넘기는 일을 가리킨다. 흑인 노예제도가 폐지된 후, 서부 개발이 한

창이 미국에서는 값싼 노동력을 필요로 했다. 상하이 길에는 '미국 금산(金山), 인부 구함'이라는 벽보가 많이 붙어 있었는데, 장소림 파가 붙인 종이였다. 금산은 샌프란시스코의 중국식 이름이다.

일자리를 얻기 위해 스스로 이곳에 온 사람들은 사실상 노예 같은 조건으로 미국에 보내지고 있었다. 말만 인력 송출이지, 장소림이 몇 년 치 임금을 선금 명목으로 떼어먹기 때문에 미국에 가면 돈을 받지도 못했다. 사실상 노예로 팔려 가는 것이나 마찬가지였다.

'이런 처참한 광경을 내 눈으로 보게 될 줄이야!'

노빈손은 충격을 받은 채 눈을 휘둥그레 떴다. 하지만, 더 믿기 힘든 일이 일어나는 것은 지금부터였다.

 동동의 비밀

노빈손의 적응력은 놀라웠다. 간지럼에 딱밤 고문을 당하고서도, 언제 그랬냐는 듯 마룻바닥에서 드르렁 드르렁 코를 골며 잠에 빠져들었다.

한참 눈을 붙이고 있던 노빈손은 어디선가 들려오는 낯익은 목소리에 잠이 깼다. 틀림없는 동동의 목소리였다. 놀란 노빈손은 귀를 쫑긋 세웠다. 별별 생각이 다 머리를 스쳤다.

'아니, 동동이 여기에 왜 왔지? 나 때문에 함정에 빠졌나?'

가만히 귀를 기울여 보니, 동동은 거의 울먹이며 이야기하고 있었다. 노빈손은 숨을 죽였다. 온몸의 신경이 귀에 집중됐지만 무슨 말인지 정확하게 들리지도 않았다. 자신의 눈으로 직접 동동의 얼굴을 확인해야 할 것 같았다. 다행히 노빈손이 있는 쪽으로 주의를 기울이는 사람은 아무도 없었다.

고개를 빼꼼 내밀자 건너편 방에서 어른거리는 사람들의 그림자가 보였다. 소리도 처음보다 훨씬 또렷하게 들렸다.

"그래, 그러면 내일이라는 말이지. 사자춤 대회가 열리는 틈을 이용해 빠져나갈 예정이라. 음, 알았어. 가 봐."

"아니, 가라니요. 아저씨, 우리 아버지는요."

"너희 아버지? 잘 찾아봐. 상하이 어딘가에 있으니까."

"데려간 사람들이 데려다 줘야 할 것 아니에요."

"아직 안 돼. 쑨원이 우리 손에 들어와야 너도 아버지를 볼 수 있을 거야. 그러니까 얼른 돌아가서 쥐죽은 듯 조용히 있어! 또 무슨 일 생기면 와서 이야기해 주고."

누군가에게 가슴을 떠밀렸는지 동동이 뒤로 엉덩방아를 찧었다. 고개를 들어올리는 옆모습을 보니 틀림없는 동동이었다.

"그럼 아버지 얼굴이라도 잠깐 보게 해

샌프란시스코가 왜 금산이라 불릴까?

현대 중국어에서는 샌프란시스코를 '聖弗朗西斯科(성불랑서사과)'라고 쓴다. 이 한자를 중국식 발음으로 읽으면 '성푸란시씨커'가 되기 때문이다. 중국어는 표음문자가 아니기 때문에, 가장 비슷한 발음이 나는 글자들로 표기한다. 그래서 베를린도 '柏林'(중국어 발음으로 '보린')이라고 불렸다. 재미있는 것은 우리도 중국 표기의 영향을 받아 1970~80년대에 베를린을 '백림'으로 썼다는 점이다. 샌프란시스코는 과거 금산(金山)이라고 불렸는데, 아마 금광이 많은 미국 서부의 도시여서 이런 이름을 붙였던 것 같다.

주세요. 약은 드시나 모르겠어요."

"걱정하지 말라니까. 우리가 조용한 곳에 모셔 놓았어. 잘 지내고 있으니까 신경 쓰지 마. 그보다 내일 아침이면 관군이 예원으로 들이닥칠 테니, 기다리고 있다가 조용히 쑨원을 우리한테 데려와."

"관군은 왜요?"

"몰라, 너희가 쌍칼을 화나게 했나 봐. 쌍칼이 찔렸다고 하던데? 물론 그 자가 노리는 것은 쑨원이겠지. 우리가 집 밖에서 기다릴 테니, 너는 쌍칼 패거리보다 한 발 먼저 쑨원을 데리고 나오면 돼. 관군을 보면 쑨원도 순순히 따라 나올 거야. 크하하, 드디어 쌍칼을 골탕 먹일 수 있겠군."

"처음에는 두루마리만 가져오면 아버지를 풀어 주겠다더니, 이제는 쑨원 선생님까지 잡아오라고요?"

동동이 울음 섞인 목소리로 항변하자 장소림이 을러댔다.

"이봐, 너는 어차피 우리랑 한배를 탄 몸이야. 잡는 건 우리가 잡을 테니, 관군이 들어왔을 때 살짝 빼돌리기만 해."

대화를 엿듣던 노빈손은 입을 쩍 벌렸다.

'저 자가 동동을 첩자로 이용했구나! 그것도 동동의 아버지를 인질로 잡고서! 두루마리를 훔친 것도 동동이었어!'

그러고 보니 동동은 아버지 이야기가 나오면 황급하게 화제를 돌리곤 했었다. 처음에는 아버지가 아파서 자신이 대신 인력거를 몬다고 했는데, 언제부터인가 아예 아버지 이야기를 꺼내지 않았다. 아마도 그때부터 놈들이 동동의 아버지를 붙잡고 협박했던 모양이다.

노빈손은 자리로 돌아와 잠을 자는 척했다. 일단 쑨원을 잡으려는 장소림의 음모부터 막아야 했다.

'빨리 이 소식을 황 사부에게 알려야 하는데……'

마음은 급했지만 뾰족한 수가 나오지 않았다. 붙잡혀 아무것도 할 수 없는 자신의 신세가 한탄스러웠고, 동동도 원망스러웠다. 상하이에서 가장 믿었던 친구인 동동이 음모에 가담하고 있을 줄은 꿈에도 몰랐다. 짧은 기간이었지만 함께 인력거를 몰며 꽤 친해졌다고 생각했었는데. 마음이 아팠다.

시간이 되었는지 놈들이 분주해졌다.

"이봐, 아까 그 머리털 없는 녀석까지 포함해서 놈들을 전원 부두로 데려가. 도망가지 못하게 잘 묶고."

노빈손은 굴비처럼 다른 사람들과 함께 밧줄에 묶였다. 혼자서는 도망갈 수도 없게 되었다. 사람들은 천천히 한 명씩 한 명씩 계단을 내려갔다. 주위에는 이미 칠흑 같은 어둠이 덮여 있었다. 노빈손이 끌고 온 인력거가 건물 앞에 덩그러니 서 있었다.

'저 인력거를 봤다면, 동동도 내가 여기 있는 것을 알 텐데……. 동동은 괜찮을까?'

친구가 미우면서도 한편으로는 걱정이 되었다.

한편 동동은 건물 뒤편에 숨어 노빈손이

중국의 인구는 세계 제일!
2012년 기준, 중국의 인구는 13억 51만 명이다. 세계 인구의 5분의 1을 차지하고 있는 중국은 '인구 대국'이라는 별명에 손색이 없는 나라다. 1911년 중화민국 건립 당시 인구가 약 4억 6천만 명 정도였던 것을 생각하면 엄청난 증가세다. 결국 중국은 1970년대 이후 철저한 산아 제한 정책을 통해 인구 증가를 막았다. 현재 인구가 13억 명이나 되는데도 그나마 잘 통제한 편이라는 평가를 받고 있다.

끌려가는 것을 지켜보고 있었다. 건물 앞에 세워져 있는 인력거가 누구 것인지 깨달은 순간, 동동은 너무 놀라 숨이 멎을 듯했다.

'아버지뿐만 아니라 노빈손마저 놈들에게 붙잡혔어! 어쩌면 좋지? 어디로 가야 하지?'

혼란에 빠진 동동은 무작정 거리의 어둠 속으로 달려갔다.

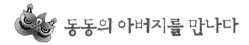 동동의 아버지를 만나다

노빈손은 사람들과 함께 부두에 정박해 있는 배로 끌려갔다. 말이 좋아 배지, 바다도 보이지 않는 선실 바닥 방에 갇힌 신세였다. 한 명씩 한 명씩 밧줄이 풀리면서 선실 안으로 밀어넣어졌다. 눈은 가려진 상태였다.

그래도 가만히 있을 수만은 없었다. 노빈손은 몸을 묶고 있던 밧줄이 풀리는 순간 무작정 앞으로 튀어 나갔다. 하지만 그 순간, 창살 감옥 문이 닫히면서 머리가 창살 사이에 끼고 말았다. 노빈손은 비명을 올렸다.

"아야, 아이고! 내 머리야."

장소림의 부하가 그 모습을 보더니 핀잔을 주었다.

"이 녀석, 너 왜 이리로 머리를 내밀고 있냐. 도망가려고?"

"죄송한데 좀 도와주세요. 머리가 안 빠져서요."

노빈손의 머리채를 붙잡고 당기려던 장소림의 부하는 노빈손의 대머리를 보고 방향을 바꾸었다. 당기는 대신 목이 창살에 끼인 노빈손의 머리를 한쪽 발로 밟아서 밀어 넣었다.

"으윽, 끼잉."

밟힐 때마다 대나무 창살에 끼인 목이 점점 옥죄어 왔다. 숨이 막혔다. 머리로 가는 동맥이 눌린 탓에 점점 의식이 희미해지는 것 같은 느낌도 들었다. 머리와 목이 눌린 노빈손은 창살 안에서 발을 대굴대굴 굴렀다.

"이러다 사람 죽겠어요. 좀 빼 주시면 안 되나요?"

"이 녀석이 제일 귀찮은데, 지금 그냥 해치워 버리죠."

부하 중에서 가장 단순무식한 녀석이 말했다. 왕손이 혀를 찼다.

"너는 하나는 알고 둘은 모른단 말이야. 일석이조라는 말도 모르니? 오늘만 냅둬. 내일 새벽에 미국으로 보내 버릴 테니까."

"알겠습니다. 그런데 그게 일석이조인가요?"

"이 녀석을 상하이에서 내보내니 없애는 것이나 마찬가지고, 거기다 미국에서 보내 주는 몸값까지 벌 수 있으니까 일석이조지. 너 일석이조가 뭔지는 아냐?"

"그것보다는 아예 화근을 싹 잘라 버리는 게 낫지 않을까요?"

검은 아이들, 헤이하이즈(黑孩子)

'한 가정에 아이 하나'라는 중국의 산아 제한 정책 때문에, 부모가 몰래 낳은 둘째 아이들은 호적에 오르지 못했다. 이들을 헤이하이즈, 즉 검은 아이라고 부른다. 이런 아이들은 출생 등록이 되지 않았고 학교에도 가지 못했기 때문에 얼마나 많은지도 모른다. 미국 CIA(중앙정보부)는 중국에서 연간 소비되는 쌀의 양을 통해 인구를 계산했고, 그 결과 현재 중국 인구는 실제 통계보다 1억 8천만 명 정도 더 많을 거라고 추정했다. 그러니까 중국 인구는 사실 15억이라는 말이다.

다른 자가 한 손을 목에다 대고 슥 긋는 손짓을 했다.

왕손은 잠시 망설이는 듯한 표정을 지었다. 노빈손은 그를 바라보며 속으로 '제발'이라고 외쳤다. 이윽고 왕손이 어깨를 으쓱했다.

"아니야, 놈이 빠져나갈 구석은 없어. 문이나 닫고 나가자."

노빈손은 안도의 한숨을 내쉬었다. 문이 닫히고, 사방은 조용해졌다. 머리가 끼인 채로 아무것도 못하던 노빈손은 까무룩 잠이 들고 말았다.

잠결에 한기를 느껴 깨어나 보니 주위가 깜깜했다. 아무것도 보이지 않았다. 눈은 여전히 가려져 있었다. 자연스럽게 청각과 후각에 온 감각이 집중됐다. 맛있는 고기와 밥 냄새가 났다. 누군가 술판을 벌이는지 일꾼들이 쌀밥과 돼지비계로 요리를 만들고 있었다. 배가 꼬르륵거렸다.

'아, 이 주체 못 할 식욕! 어떻게 이 상황에서 배가 고프냐.'

파도 소리가 들렸다. 일정한 간격으로 나무 바닥과 몸이 함께 출렁였다. 배는 아직 정박되어 있는 모양이었지만, 이제부터 자신의 운명이 어떻게 될지 한 치 앞도 내다볼 수 없었다.

그때 사람이 다가오는 소리가 들렸다. 적의는 느껴지지 않았다. 누군가가 노빈손의 눈을 가린 천을 벗겨 주었다.

"누구세요?"

아직 앞이 잘 보이지 않았다. 그저 목소리만 들렸다.

"이보게 총각, 이제 앞이 보이나? 머리는 괜찮아?"

와하하 하고 웃음이 터졌다. 웃음 사이로 사람들의 목소리가 한 꺼번에 들려왔다.

"잘됐어."

"다행이야."

"살아 있네~."

"아, 우리가 자네 머리 빼내느라고 힘들었어. 아무리 해도 안 빠져서 실례를 무릅쓰고 머리를 뺑 찼는데 그만 자네가 기절해 버렸지. 비록 머리는 빠져 나왔지만, 미안하네."

어쩐지 머리가 얼얼하다 했더니 그 때문이었다. 눈이 슬슬 주위의 어둠에 적응되고 나서 보니 웬 남자가 앞에 있었다. 그 주위로 수십 명이 둘러앉아 있었다. 목소리의 주인공은 백발이 희끗희끗한 남자였다. 세월의 풍파에 찌들긴 했지만, 오랜 세월 고난을 겪으며 지혜를 쌓은 노인으로 보였다.

"여기가 어디인가요?"

"어디긴 어디야, 배 안이지. 이제 내일이면 미국으로 떠나."

노인을 바라보던 노빈손은 그가 누구랑 닮은 것 같다고 생각했다. 들창코에 커다란 귀, 짤막한 키. 바로 동동의 특징이었다.

"혹시 아저씨, 동동이라고 아세요?"

무언가를 직감한 노빈손이 다짜고짜 물었다. 노인은 깜짝 놀랐다.

중국에서는 돼지고기가 소고기보다 더 비싸다

중국인들은 음식 중에서 돼지고기를 으뜸으로 친다. 식당 메뉴판에 보면 소고기와 닭고기에 반드시 소(牛)와 닭(鷄)이라고 표시가 되어 있는 반면, 돼지고기가 들어간 요리는 그냥 고기 육(肉) 자만 써 놓았다. 이것만 봐도 중국에서 고기 하면 돼지고기임을 알 수 있다.

"아니, 자네가 우리 아들을 어떻게 아나? 그럼 혹시, 인력거 총각인가? 우리 아들이 머리카락이 딱 네 가닥 남아 있는 대머리 총각이랑 함께 인력거를 몬다고 했거든."

"맞아요! 동동 아버지시군요. 저는 노빈손이라고 합니다."

"반갑네. 그런데 인력거 일은 어쩌고 여기를 왔나?"

노빈손은 쑨원을 찾아 헤맨 일, 황 사부를 만나 예원으로 무사히 거처를 옮긴 일, 장소림의 사무실에서 동동과 마주친 일 등을 동동의 아버지에게 자세하게 들려줬다. 다 듣고 난 동동의 아버지는 한참 동안 말이 없었다.

"이런, 우리 동동이가 그럴 아이가 아닌데. 이 아비가 못나서 아들을 배신자로 만들었구먼."

"아니에요, 아저씨. 저라도 아버지를 구하기 위해서라면 못 할 일이 없었을 거예요."

노빈손이 위로했지만 동동의 아버지는 그저 침묵할 뿐이었다. 잠시 정적이 흐르는데, 주변에서 웅성거리는 소리가 들렸다.

"그래, 그래서 쑨원 선생은 어떻게 됐나? 더 이야기해 줘."

깜짝 놀란 노빈손이 주위를 둘러보니, 선실 안에 있던 사람들이 모여서 이야기를 듣고 있었다. 대부분 시골에서 올라온 농부로, 상하이로 흘러들어와 지게꾼이나 인력거꾼 등 날품팔이로 살던 사람들이었다. 고향에 가족을 두고 온 사람들도 많았다.

모두 내일이면 미국으로 떠날 신세들이었다. 미국에 가면 큰돈을 벌 수 있다는 이야기에 속아 인력 모집 공고를 보고 신청했다가 감금당하는 처지가 되고 만 것이다. 그러나 찢어지게 가난한 고향 땅에서 굶어죽든, 미국으로 떠나든 그들에게는 별반 차이가 없었다.

장소림은 빈곤층 농민들의 마지막 남은 고혈까지 짜내고 있었다. 이들은 배에 타고서야 속았다는 것을 알았다. 배에 타기 전에 받아야 할 계약금과 몇 년 치 임금은 소위 '송출비' 명목으로 모두 장소림 수중으로 들어갔다.

그런 그들에게 노빈손이 들려주는 이야

🏮 중국인 이주노동자들의 등장

1865년, 미국 노예제도가 폐지되자 미국은 만성적인 노동력 부족에 시달렸다. 그 결과 아시아가 미국의 새로운 노동력 공급 시장이 되었는데, 인구가 가장 많은 중국인들이 단골손님이었다. 이때부터 중국인들은 남부의 면화 농장, 서부의 금광 등지로 돈을 벌러 떠났다. 이민 노동자들이었지만, 초창기의 대우는 흑인 노예들이 받던 것과 그다지 다르지 않았을 것이다. 차이나타운의 역사는 이때부터 시작한다.

기는 그야말로 희망이었다. 쑨원 총통이 등장하고, 황비홍 사부가 나오는 이야기에 사람들은 힘을 얻었다. 다들 자기 일인 것처럼 쑨원을 걱정했고 황비홍에게 열광했다.

"이곳 상하이에 황 사부가 와 계실 줄은 꿈에도 몰랐네. 여기서 빠져나갈 수 있다면 한번 봤으면 좋겠구먼."

"쑨원 선생이 무사하셔야 우리나라의 미래가 밝을 것이야."

 ## 인신매매단에게서 도망치다

사람들은 이야기를 들으며 기뻐했지만, 노빈손은 무용담만 들려주면서 시간을 보낼 수 없었다.

"아저씨, 그보다 지금 여기에 계시면 안 되지 않나요? 이 배는 내일 미국으로 떠난다고 하던데요."

"나도 지금 마음이 급하다네. 하지만 어떻게 여길 빠져나가겠나."

노빈손은 선실 천장으로 난 작은 구멍에 귀를 대어 바깥 정황을 살폈다. 밖에 몇 명이나 있을지 가늠할 수 없었다. 하지만 바깥에서 감시하는 사람들보다 여기에 감금되어 있는 사람들의 숫자가 훨씬 많은 것만은 틀림없다. 더구나 저들은 지금 내일 출항을 앞두고 호화판 저녁을 먹으면서 술까지 마셔 긴장이 풀린 상태였다.

그렇다면 승산이 있었다. 한꺼번에 뛰쳐나가면 최소한 몇 명은 빠져나갈 수 있을 것이다. 그중 한 명이라도 황 사부와 두웨성에게 소식을 전한다면 그들이 사람들을 이끌고 달려와 주지 않을까.

노빈손은 사람들을 불러 모아 놓고 말했다.

"여러분, 지금부터 제 말 잘 들으세요. 우리가 한꺼번에 힘을 모아서 밀어붙이면 문이 열릴 거예요. 일단 문이 열리면, 무조건 상하이 시내로 달려가 예원으로 찾아가세요. 거기에 가면 여러분들이 궁금해하는 황 사부가 계시거든요. 황 사부께 노빈손이 여기 잡혀 있다고 하면 한달음에 달려오실 거예요. 황 사부가 없으면 청방 사람누구에게든 소식을 전해 주세요. 아시겠죠?"

조금 단순무식한 작전이었지만, 경계가 느슨해진 틈을 노리는 수밖에 없었다. 문제는 선실 천장에 달려 있는 육중한 문을 어떻게 열고 나가냐는 점이었다. 위에서 잡아당겨 여는 문은 아무리 밀어도 꿈쩍하지 않았다. 결국 밥을 주기 위해 문을 잠깐 여는 때를 노리기로 했다.

아니나 다를까, 이윽고 문이 열렸다.

"식사 시간이다. 순서대로 받아."

소금을 묻힌 주먹밥을 한 덩이씩 던져 주기 위해 선원이 문을 연 순간이었다.

"자, 나갑시다!"

"어이쿠!"

기운찬 소리와 함께 사람들이 한꺼번에 몰려나가자 당황한 선원이 뒤로 나자빠졌

 중국에서 삼촌, 이모, 고모가 사라지고 있다

중국은 1970년대부터 아이를 하나만 낳게 하는 산아 제한 정책을 폈다. 70년대에 태어난 사람들은 이제 결혼할 나이가 되었고, 형제가 없는 아버지나 어머니 사이에서 태어난 아이들이니 삼촌이나 고모, 이모가 없을 수밖에 없다. 모든 중국인 가정이 다 이렇다고 생각해 보면, 앞으로는 고모나 이모라는 단어 사용이 드물어질지도 모르겠다.

다. 빈손도 동동의 아버지와 갑판에 올랐다.

"이놈들, 어딜 가려고?"

한데 아뿔싸, 총을 든 선원 서너 명이 빙 둘러서서 이들을 겨누고 있었다. 총구를 본 사람들은 선실 문을 박차고 나올 때의 기세를 잃고 쉽게 걸음을 내딛지 못했다.

"얌전히 바닥으로 들어가지 못해?"

선원이 호통을 쳤을 때였다. 예상치 못한 일이 벌어졌다. 동동의 아버지가 총을 든 선원 중 한 명에게 달려든 것이었다.

"자, 갑시다!"

동동의 아버지가 선원의 어깨를 붙든 채로 바다로 뛰어들었다.

당황한 선원이 허공을 향해 총을 쏘아 댔다. 탕탕, 몇 차례 총소리가 울렸다. 그 소리가 신호인 것처럼 사람들이 너도나도 총을 든 자들을 향해 달려들었다.

"어, 어? 요놈들 봐라?"

선원들은 당황한 채 허둥댔다. 사람들이 똘똘 뭉쳐 덤비자 총은 무용지물이었다. 사람들은 일제히 배에서 뛰어내렸다. 어떤 사람들은 밧줄에 걸려 넘어지기도 하고, 뒷덜미를 잡혀 내동댕이쳐지기도 했다. 그러나 상당수가 부둣가까지 헤엄쳐 건너갔다.

노빈손도 그 틈을 이용해 무사히 빠져나

중국인 중에는 로마인의 후손도 있다?

중국 간쑤 성에는 젤라이자라는 마을이 있다. 이 마을 주민들은 대부분 밝은색 머리칼에 코카서스 인종(백인)의 얼굴을 갖고 있다. 1998년 지역 주민들의 DNA를 검사한 결과, 이들이 유럽인들과 유전적으로 이어져 있다는 사실이 밝혀졌다. 1955년 영국 옥스퍼드 대학교의 더브스 교수는, 기원전 53년 로마와 파르티아 사이의 전투가 벌어졌을 때 로마 군단에서 달아난 군인들이 훈족의 용병으로 일했었다고 주장하기도 했다. 2000년도 더 전에 과연 무슨 일이 있었던 것일까?

왔다. 뒤를 돌아보니, 동동의 아버지가 다른 사람들의 부축을 받고 물 밖으로 나오고 있었다. 노빈손을 본 그가 손을 들어 빨리 가 보라는 시늉을 했다. 노빈손은 사람들을 뒤로한 채 정신없이 예원으로 달렸다.

'고맙습니다. 동동 아버님! 다치지 않으셨어야 할 텐데…….'

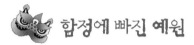 함정에 빠진 예원

초저녁부터 단잠에 빠져 있던 쑨원은 누군가가 다급하게 문을 두드리는 소리에 눈을 떴다.

"선생님, 일어나세요. 빨리 이곳을 떠나셔야 해요."

"밖에 누구신가?"

목소리의 주인공은 동동이었다. 그를 보고 놀란 쑨원이 물었다.

"아니, 지금 떠나자니 그게 무슨 소리인가. 출발은 내일인데……. 일단 들어오시게."

"선생님, 조금 있으면 관군들이 이리로 밀어닥쳐서 여기 예원 식구들을 모두 잡아갈 거예요. 선생님부터 피신시키라는 황 사부님의 말씀을 듣고 왔습니다. 누추하지만 저희 집으로 잠깐 가 계셔야 할 것 같습니다."

"내가 관군을 피할 이유는 없을 것 같은데. 한때지만 명색이 총통을 지낸 사람 아닌가. 관군들도 나를 함부로 하지는 못할 것이야."

"어휴, 답답합니다. 관군은 핑계구요. 이렇게 어수선한 틈을 타서 자객들이 들이닥칠지도 모른다니까요."

"음, 그런가? 그러면 빨리 떠나야지."

쑨원은 미리 챙겨 둔 짐 가방을 들고 동동을 앞세워 일어섰다. 하지만 몇 걸음 가지 못해 건물 바깥에서 들려오는 시끌벅적한 소리에 걸음을 멈췄다. 예원의 제자들이 모여서 웅성거리는 소리와 관병들의 호각 소리로 바깥이 시끄러웠다.

"벌써 왔나 보군. 일단은 잠잠해질 때까지 기다리세."

"안 됩니다. 무조건 나가는 게 낫습니다. 지금 예원에 있는 사람을 모조리 잡아가려 한다니까요."

"나는 예원에 소속된 사람이 아니니 괜찮지 않을까? 게다가 무고한 사람들이 잡혀간다면 당연히 내가 남아서 막아야지. 몸을 숨긴다는 것은 말이 안 되네."

"지금 그게 중요한 게 아닙니다. 그 틈에 선생님 신변에 무슨 변고가 생길지 알 수 없습니다."

"변고라니, 무슨 말인가? 무슨 다른 일이라도 있다는 말인가?"

동동은 대답을 피했다. 자신에게 맡겨진 임무가 쑨원을 빼내 장소림에게 넘기는 일

**자유의 함성,
천안문사건이란?**

사회주의 경제가 개방되자 정치적 자유와 평등을 요구하던 사람들을 중국 지도부가 무력으로 진압한 사건. 1989년 6월 4일, 시민과 학생들은 민주화를 요구하며 베이징 톈안먼(天安門) 광장에서 연좌시위를 벌였다. 그러나 계엄군이 전차와 장갑차로 발포해 이들을 몰아냈다. 중국 정부는 300여 명이 사망했다고 주장했지만, 국제적십자협회는 사망자를 2천 명으로 발표했다. 1990년 7월, 중국 정부가 민간인 사망자를 875명으로 정정하여 발표했으나 아직도 중국에서는 이 일을 입 밖에 내는 것이 금기시되고 있다.

이라고 말할 수는 없었다.

"어쨌든 여기서 나가시죠. 제가 미리 봐 둔 통로가 있습니다. 주방 쪽 식구들이 다니는 곳으로 빠져나가면 됩니다."

동동은 쑨원을 작은 시궁문으로 안내했다. 그들이 빠져나오는 것을 본 사람은 아무도 없었다.

예원의 뜰 안에는 관군들이 벌써 들어와 자리를 잡고 있었다. 청방 사람들은 모두 무술을 익혔지만, 관병들에게는 순순히 길을 내줄 수밖에 없었다. 민간인 신분으로 관병들을 건드렸다가는 쓸데없는 빌미를 잡힐 수 있기도 했고, 또 아직 관복이라면 무서워하는 순박한 사람들이었다.

더구나 관병들은 모두 손에 총을 들고 있었다. 결국 청방 사람들은 힘 한번 제대로 써 보지 못하고, 관병들이 무기고와 무술 연습장을 헤집고 다니는 것을 우두커니 지켜보아야 했다.

노빈손이 허겁지겁 문 앞에 도착했을 때는 이미 수십 명의 무술 수련생들이 뜰 한가운데 모여 있었다. 관병들은 수련생들에게 총을 겨눈 채 지도자가 누구인지 캐내려고 위협하는 중이었다.

"너희들의 수괴가 누구냐. 이 많은 무기를 갖다 놓고 무술 훈련을 하는 이유는 무엇이냐? 역모를 꾀하는 것 아니냐?"

사람들은 분노와 억울함에 가득 찬 눈빛으로 관병들을 바라보기만 할 뿐 아무런 대답도 하지 않았다. 나라가 힘이 약한 상황에서, 스스로 강해지기 위해 노력하는 사람들에게 정부가 또다시 억울한 누명을 씌우려 하고 있었다.

황비홍이 관군의 앞으로 나섰다.

"관군이 왜 민가에 나타나서 선량한 사람들을 잡아가려 하시오. 이들은 스스로 실력을 기르기 위해 신체를 단련하는 사람들이오."

"선량한 사람들이라니! 너희들이 이곳에서 역모를 꾀하고 있다는 첩보가 입수됐다. 순순히 털어놓아라."

붉은색이 도는 관복을 입은 장정이 대뜸 황 사부에게 반말로 따지기 시작했다. 장교인 것 같았다.

"대체 무슨 근거로 역모라는 말을 입에 올리시오?"

"이 병장기들을 대체 무엇이냐? 칼에 창에 방패까지. 민가에 있을 만한 물건이 아니지 않느냐?"

"나는 광둥 성 불산에서 무술 도장을 하는 황비홍이라는 사람이오. 이곳에 도장의 분관을 열 생각이오. 저 무기들은 보기에는 무시무시해도 모두 연습용이오. 한번 만져 보시오. 날이 없는 것들입니다. 맞으면 아프기는 하겠지만, 사람을 베거나 찌르지는 못하외다. 게다가 요즘 같은 세상에 우리는 총 한 자루 없지 않소. 그런데 무슨 역모라는 말입니까."

관병들은 황 사부의 논리정연한 반박에 할 말을 잃었다. 쌍칼이 관군에 흘린 소위 '첩보'의 내용과 실제 상황이 다른 것을 보고 당황한 기색이 역력했다. 그러나 추궁은

만주국이란 무엇인가?

만주족의 나라는 청나라로 끝이 아니었다. 그 뒤를 만주국이 이었다. 그러나 이 나라는 만주국이라는 이름이 아깝게도, 일본제국주의가 세운 허수아비 같은 나라였다. 1932년 일본 관동군은 만주국 성립을 선언하고 청나라의 마지막 황제였던 푸이를 국가원수로 앉혔다. 이후 일본은 만주를 기반으로 대륙을 침략했고, 한국의 독립운동들에 대한 탄압도 강화했다. 만주국은 1945년에 사라졌고, 황제 푸이는 감옥에 수감됐다가 풀려나와 정원사로 일하다 생을 마감했다.

멈추지 않았다.

"네 이놈! 그럼 저것은 무엇이냐?"

장교가 버럭 소리를 치며 벽에 그려진 용의 그림을 가리켰다.

"바로 저 용 그림이 역모의 증거다. 용이 무엇이더냐? 바로 황제가 아니겠느냐. 벽마다 용을 그려 놓고 황제의 복위를 기원하고 있던 것 아니냐? 이것이 바로 너희들이 총통제를 무너뜨리고 황제를 제위에 올리려는 음모를 꾀하는 자들이라는 명백한 증거다. 분명 황비홍이라고 했겠다? 네가 이곳의 수괴로군. 여봐라, 저자를 먼저 포박해라!"

"무슨 말씀이시오. 우리는 저 그림에 대해선 모릅니다. 저 용 벽화는 이 집이 지어진 시절부터 있던 것이오. 다만, 우리는 중화민족이 힘이 없어 외세에 당하고 있기에 분을 삭이고 스스로 강해지기 위해 무술을 익히며 단련했던 것뿐이오. 나라가 지켜 주지 못하니 내 한 몸 내 가족을 내 손으로 지켜야 하는 것 아니겠소."

황비홍의 말이 심금을 울렸는지, 관병들 중 어느 누구도 황 사부나 다른 사람들의 몸에 선뜻 손을 대지 못했다. 그들 역시 관복을 입고 있지만, 외세의 침략에 힘 한번 제대로 써 보지 못하고 굴복한 중국의 처지에 누구보다 마음 아파하고 있었기 때문이다.

하지만, 한번 출병한 관군이 물러나려면 명분이 필요했다. '옛날부터 있던 그림'이라는 변명으로는 충분한 명분이 되지 못했다.

그때 숨어서 듣고 있던 노빈손이 앞으로 나섰다.

"으하하, 지금 용이라고 했어요? 그렇다면 돌연변이 용이네. 발

가락이 세 개밖에 없잖아요! 내 참, 여의주도 없는 용을 용이라고
하는 사람들은 또 처음 보네. 용과 비슷하게 생겼지만, 사실은 이무
기 아닌가요?"

　그 말을 들은 황비홍은 '옳다구나' 싶었다.

　"그렇소, 저건 용 그림이 아니오. 어떻게 민가에서 감히 용을 벽
에다가 그린단 말이오. 자세히 보시오. 뿔도 없지 않소. 황제의 상징
은 다섯 발가락으로 여의주를 꽉 움켜쥐고 하늘로 비상하는 것 아니
겠소. 이무기 그림을 용이라고 우기며 민간인들을 붙잡아간다면 그
또한 관병과 나라의 명예를 땅에 떨어뜨리는 일이 아니겠소."

관병들은 머쓱해하면서도 물러날 핑계가 생겨 안도하는 눈치였다. 좌우지간 이 정도면 역모를 꾀한다는 말은 하기 힘든 상황이지 않은가. 군복만 벗으면 그들도 처지가 별로 다를 바 없는 중국 백성이었다. 붉은색 군복을 입은 장교가 다시 입을 열었다.

"자, 모두 철수한다. 하지만 여기에 있는 불법무기를 그냥 두고 갈 수는 없다. 이 불법 무기들을 종류별로 구분해 수레에 싣도록 해라. 부사령은 압수품의 숫자를 세어서 저 황비홍이라는 자에게 확인 도장을 받도록 하라. 그리고 황비홍은 내일 날이 밝는 대로 관아에 출석해, 등록되지 않은 무기에 대한 벌금을 납부하고 다시 등록 절차를 밟으라."

그렇게 관병들은 물러났다. 관병들의 속성을 잘 아는 두웨성이 말했다.

"황 사부, 내일 관아에 가시면 안 됩니다. 일단 발을 들여놓았다가는 저들이 무슨 억지를 쓰면서 붙잡아둘지 모를 일입니다. 내일은 일본으로 가는 배가 출항하는 날이니 무슨 일이 있어도 쑨 선생을 배에 태워 보내 드려야 합니다. 쑨 선생이 여기 계속 머물면 우리도 견디기 힘든 상황이 될 것 같습니다. 사자춤 대회를 틈타 쑨 선생을 도피시켜야 합니다."

황비홍이 고개를 끄덕였다. 그러다 갑자기 생각난 듯 물었다.

"쑨원 선생은 어디 계시오?"

"아니, 그러고 보니 안 보이시네."

사람들이 웅성거렸다. 아무리 찾아봐도 쑨원의 행방은 묘연했다.

"내일 사자춤 대회에는 나오셔야 할 텐데. 그러지 않으면 탈출 계획이고 뭐고 다 끝이죠."

또 누군가 입방정을 떨었다. 노빈손이 대답했다.

"기다리는 수밖에 없습니다. 장소림과 쌍칼 모두가 쑨원 선생님을 노리고 있어요. 제발 무사하시기만 기원하는 수밖에요."

그렇게 상하이의 마지막 밤이 흘러가고 있었다. 동동과 쑨원은 대체 어디로 사라진 것일까.

쑨원의 행방에 정신이 팔린 노빈손과 청방 사람들은 예원 마룻바닥 아래에 침입자들이 숨어 있음을 미처 깨닫지 못했다. 다름 아닌 쌍칼의 부하들, 삼인방이었다.

삼인방은 관병들이 몰려와 있는 사이 예원의 방마다 헤집고 다니며 쑨원을 찾았다. 그러나 허탕이었다. 장소림의 명을 받은 동동이 한 발 앞선 것이었다. 게다가 관병들이 순순히 물러나고, 황비홍과 두웨성에 노빈손까지 예원으로 돌아오는 바람에 어두워질 때까지 밖에 나갈 수 없는 처지가 되고 말았다. 그러나 내일 사자춤 대회가 열릴 때 무슨 일인가 벌어질 것이라는 이야기를 들은 것은 큰 성과였다. 그나마 쌍칼에게 돌아가 '할 말'이 생긴 것이다.

중화반점 주방장이 들려주는
화교 이야기

내가 화교 이야기 해줄까?

짜장면도 해 주세용~!

니 하오~! 노빈손의 부탁으로 내가 중국 화교(중국 바깥에서 살고 있는 중국인들)에 대한 이야기를 하게 되었네. 화교의 엄청난 힘을 내가 오늘 똑똑히 가르쳐 주지!

■ 짜장면과 한국 화교

노빈손이 중국에 갔을 때 가장 먹고 싶었던 음식이 짜장면이라는 사실, 혹시 알고 있나?

베이징이나 상하이의 중국 식당에 가서 짜장면을 주문하는 한국 관광객들이 아직도 많은 것 같은데, 절대 한국식 짜장면이 나오지 않는다는 것쯤은 다들 알고 있겠지? 왜냐면 한국 사람들이 먹는 짜장면은 전 세계에서 오직 한국에 있는 중국집에서만 맛볼 수 있는 음식이거든.

그런데, 한국 짜장면의 역사는 위안스카이와 함께 시작됐다고 하는데… 그건 또 무슨 이야기일까?

때는 우리나라에서 임오군란이 일어나 청나라가 한국에 들어오던 무

짜장면

렵이었어. 당시 조선의 내정에 간섭하기 위해, 불과 스물세 살이었던 위안스카이가 조선에 청나라 군대를 끌고 들어와 14년간이나 머물다 돌아가게 되지. 그의 직함은 청나라 황제의 전권 대사였어.

위안스카이와 청나라 군대가 들어오니까 군대 주둔지 근처에서 군인들을 상대로 장사를 하던 중국인들도 산둥 지방에서 많이들 건너왔겠지? 이 사람들이 세월이 흐르면서 하나둘 조선에 정착을 했어. 그런데 조선 땅에서 힘겨루기를 하던 청나라와 일본이 벌인 청일 전쟁에서 일본이 승리하면서, 위안스카이와 청나라 군대가 14년 만에 본국으로 돌아가게 된 거야. 물론 위안스카이는 이후 '북양신군'이라고 하는 군사 조직을 기반으로 중국에서 출세가도를 달렸지.

그런데 그게 짜장면과 무슨 관계가 있냐고? 문제는 청나라 군대가 돌아가고 난 뒤에 조선에 남은 중국인들이었어. 이 사람들은 청나라 군대가 몇십 년이고 조선에 있을 거라고 생각하고서, 있는 돈 없는 돈 탈탈 털어서 조선 땅에 왔거든. 그런데 어느 날 갑자기 돌아간다고 하니 낙동강 오리알 신세가 된 거야. 중국에 돌아가 봐야 따로 할 일도 없고……. 에라 모르겠다, 그냥 조선에 눌러앉아 살게 된 거야.

그중에 식당 주인들도 있었겠지? 이 사람들이 계속 조선에서 장사를 하려면 조선 사람들 입맛에 맞는 음식을 만들어야 했고, 그러다가 짜장면이 탄생한 거야. 나이 드신 할아버지들은 중국 식당을 '청요리집'이라고 부르시잖아? 그게 중국 음식이 청나라 때 들어왔다는 증거거든.

짜장면은 '작장면(炸醬面, '자쟝미엔'이라고 읽는다)'이라는 중국 국수에서 유래했어. 가장 손쉽게 먹을 수 있는 국수 종류 중 하나야. 삶은 면에 갖가지 생야채를 넣고 볶은 춘장을 약간 넣어서 비벼 먹는 음식이었지. '작장'이라는 말이 장을 볶거나 튀겼다는 말이거든. 지금도 중국 베이징의 '노북경작장면대왕(老北京炸醬面大王)'이 아주 유명해.

그러니까, 중국 사람들도 짜장면을 먹기는 먹는 거지. 이게 한국 사람의 입맛에 맞게 바뀌어서 한국식 짜장면이 탄생한 거야.

백여 년 전에 조선으로 우연히 흘러들어 왔다가 뿌리 내린 화교와 짜장면처럼, 중국인들은 세계 곳곳으로 흩어져서 화교를 형성하게 돼. 전세계에서 서로 교류하며 막강한 경제력을 바탕으로 '화교 네트워크'를 만들어 가고 있지.

■ 중국 화교의 힘

중국 사람들은 해외에서 같은 고향 사람을 만나면 아무 조건 없이 세 번은 사업을 도와준다고 해. 하지만 아무나 도와주는 게 아니야. 정확하게는 '같은 말'을 쓰는 사람을 도와주는 거야.

지금은 베이징에서 사용되는 푸퉁화가 중국의 표준말로 자리 잡았지만, 중국은 지역마다 광둥화, 푸젠화, 상하이화 등등 말이 다 달라. 그런데 그게 우리나라 사투리처럼 조금 억양이 다른 수준이 아니야. 의미 전달이 안 될 정도로 다른 말이라니까! 베이징 말로는 "니 하오"라고 하는데, 상하이에 오면 "능 호"라고 바뀌니 그걸 어떻게 알아듣겠어.

그러니 먼 이국에서 말이 통하는 사람을 만나면 얼마나 반갑겠어? 같은 나라 사람을 만나는 정도가 아니라, 같은 동네 사람을 만나는 수준으로 기쁘겠지? 그래서 사업을 시작할 때 두 번을 망해도 세 번째까지는 도와준다는 말이 생긴 거야.

잠깐 화교 이주의 역사를 알아볼까?

화교 이주의 역사는 12세기까지 거슬러 올라가. 12세기 남송 때 해안 지역을 따라 경제가 발전하던 시기에서부터 16세기 후반 명나라 때까지, 중국인들은 오늘날의 싱가포르, 베트남, 태국, 필리핀 등 교통 무역 중심지로 이동하게 돼. 모두 중국을 뱃길로 오가는 길에 있던 나라들이지. 이 사오백 년의 기간 동안 십만 명 정도가 동남아 지역으로 나간 것으로 추정돼. 이후 16세기 후반에서 1840년 아편 전쟁까지 약 3백 년 동안 2기 화교 진출이 이뤄지는데, 동쪽의 일본과 조선, 서쪽의 인도 동부 해안, 남쪽의 인도네시아, 북쪽 러시아에 이르기까지 약 백만 명 이상이 떠나가지. 이때는 이미 동남아의 일부 지역이 서구 열강의 식민지로 변해 있었고, 무역이 매우 활발했기 때문에 사람이 많이 필요했거든.

제3기에 해당하는 기간은, 바로 아편 전쟁 이후 중화인민공화국이 수립되기까지의 백 년 동안이야. 이 짧은 시간에 천만 명이나 되는 사람들이 출국한 것만 봐도 당시 중국이 얼마나 살기 힘든 땅이었는지를 알 수 있어. 이 시기에 미국 샌프란시스코나 남미의 금광 지대, 아프리카, 동남아 일꾼 등으로 중국인들이 퍼져 나가지. 얼마나 많이 나갔던지, '힘든 일을 하며 고생한다'는 의미의 '쿨리(苦力)'라는 중국 말이 전 세계적으로 퍼졌을 정도야. 당시 상하이나 홍콩은 중국인들의 인력 해

외 송출 기지의 역할을 했던 것 같아. 영어 사전에서 'shanghai'라는 말을 찾아보면 '강제로 납치해서 힘든 뱃일을 시키다'라는 뜻을 갖고 있을 정도야. 그만큼 상하이라는 도시와 중국인들의 해외 진출은 관계가 많다는 말이지.

■다시 중국으로

그런데 21세기에 들어와서 이 화교들의 세력이 점점 커지고 있어. 중국이 30년이라는 짧은 시간 동안에 엄청난 경제 성장을 할 수 있었던 비결은 바로 화교 경제권을 이용했기 때문이야. 1980년대에 중국의 대외 경제개방이 이뤄졌을 때, 가장 먼저 중국에 투자한 이들이 바로 화교 자본가들이거든.

특히 경제 위기가 닥치거나 본국의 사정이 좋지 않으면 중국에서 철수하거나 돈을 빼서 나가 버리는 서양 자본가들과 달리, 화교 자본가는 외국에서 들어왔어도 중국을 자기 나라처럼 생각하고 좀처럼 돈을 빼가지 않기 때문에 중국 정부로서도 무척 반길 만하지. 현재 화교 자본은 세계 경제를 좌지우지할 수 있을 정도라고 해.

자신들만의 막강한 네트워크를 형성해서 세계 경제에 지대한 영향력을 행사하는 화교들. 그들의 할아버지 할머니가 불과 백 년 전에 중국 땅에서 먹고 살 수가 없어서 고향을 등졌던 사람들이라는 점, 그런데 그들의 후손들이 돌아와 중국 경제를 되살리고 있다는 점을 생각하면 참 묘한 느낌이 들지 않니?

# 사자춤 대회 날

사자춤 대회의 날이 밝았다. 거리는 아침부터 들떠 있었다. 만두나 솜사탕, 붉은색 경단을 파는 행상에 이르기까지 노점상들이 댓바람부터 거리에 나와 목 좋은 곳에 자리를 잡고 목청을 높이기 시작했다. 일 년에 한 번 있는 사자춤 대회는 언제나 사람들 마음을 설레게 했다. 롱탕(막힌 골목)의 바깥으로 나가는 것이 허락되지 않는 꼬마 아이들도 어른들 손을 잡고 사자춤 구경을 하러 대로변에 나왔다. 골목 구석구석에선 폭죽 터뜨리는 소리가 났다. 꼬마들보다 좀 머리가 큰 개구쟁이들이 부모 몰래 화약을 들고 나온 것이다.

"이 녀석들, 누가 화약에 손대라고 했어!"

어른들은 아이들을 야단쳤지만, 폭죽이 북돋우는 축제 분위기가 싫지는 않은 모양이었다. 개중에는 집에서 춘절(중국의 설날, 음력 1월 1일)에 쓰려고 고이 아껴둔 값비싼 화약을 들고 나와 터뜨리다가 혼쭐이 나는 악동들도 있었다.

골목마다 들썩이는 가운데, 거리로 사자들이 하나둘 나타나기 시작했다. 2인 1조로 사자탈을 쓰고 덩실덩실 춤을 추며 골목을 빠져나오는 이들도 있었고, 비장한 표정으로 사자탈을 들고 가족들의 배웅을 받으며 거리로 나서는 이들도 있었다. 사람들이 모여드는 곳은 난징루 동쪽, 황푸 강가의 와이탄에서 시작해 경마장이 있는 광장까지 이어지는 길이었다. 그 한가운데에서 박 터뜨리기 시합이 열릴 예정이었다. 사자탈을 쓰고 길 한가운데 높은 장대에 매달린 박을 터뜨려 그 안에 든 기를 차지하는 팀이 우승자다. 사람들은 삼삼오오 모여서 이제 막 시작된 사자춤 대회의 최종 승자가 누가 될지 미리부터 예상해 보고 있었다. 어느 골목, 어느 거리를 쳐다봐도 즐겁기만 한 풍경이었다. 구경꾼들도 사자 떼를 따라 난징루로 모여들고 있었다.

예원에서도 사자탈을 뒤집어쓴 사람들이 준비하느라 여념이 없었다. 옛날부터 노란색 탈을 쓰는 예원의 사자탈춤은 화려할 뿐만 아니라 힘차고 역동적인 군무(群舞)로 유명했다. 그들이 떼를 지어 도심인 난징루로 몰려가는 모습 자체가 장관이었다. 그래서 많은 사람들이 기대를 하고 있었다.

"야, 이번에는 예원에서 많이 참가하나 봐."

"예원 사람들이야 원래 참가팀 숫자가 많은 걸로 유명하지."

"그래도 한물 간 것 아니야? 푸동에서도 힘 좀 쓰는 춤꾼들이 건너왔다고 하던데?"

"그래? 길고 짧은 것은 재 봐야 알지."

문밖에서 예원의 사자들을 기다리는 구경꾼들도 기대감을 감추지 못했다.

그러나 담장 안의 분위기는 싸늘했다. 쑨원이 나타나지 않았던 것이다. 예원을 무사히 빠져나갔는지, 아니면 장소림이나 쌍칼

 퉁탕퉁탕거리는 롱탕(弄堂)

개항기의 상하이에 인구가 몰려들자, 부동산업자들은 전통 중국식도 아니고 서양식도 아닌 집단 거주지 롱탕을 만들었다. 요즘으로 치면 아파트 같은 것이라고나 할까? 이 좁은 공간에서 생활하는 사람들은 함께 공동 수도시설을 사용했다. 지금도 더럽고 낙후된 이 공간은 예전 중국의 모습을 간직한 채 많은 상하이 주민들의 보금자리가 되어 있다.

에게 붙잡혔는지 알 수가 없었다. 어쩌면 예원 바깥의 수많은 인파 때문에 밖에서 발만 동동 구르고 있는지도 몰랐다.

예원은 수많은 정탐꾼들에게 둘러싸인 상태였다. 그들은 시내 골목 어귀나 가게 창가, 가로수 옆 같은 곳에 숨어 예원의 동태를 지켜보고 있었다. 만약 쑨원이 나타난다면 들킬 수밖에 없다.

사자춤 대회날을 이용한 탈출 작전은 여전히 유효했다. 설사 작전이 들켰다고 하더라도, 쑨원이 나타나 주기만 한다면 한꺼번에 사자 열 마리가 빠져나가며 추적자들을 분산시킬 수 있었다. 어느 사자의 뒤를 쫓아야 할지 우왕좌왕하는 사이 난징루까지만 들어가면, 와이탄에서 인력거로 옮겨 타고 배가 정박된 외백도교로 가서 상하이를 빠져나갈 수 있다.

문제는 아직까지 쑨원이 나타나지 않았다는 사실이었다.

원래 계획대로라면 쑨원과 노빈손이 한 조를 이루어 사자탈을 쓰고 거리로 나가 군중 속을 통과하고 있어야 할 시간이었다. 그러나 무작정 기다릴 수도 없었다. 사자들이 출발하지 않으면 더 큰 의심을 살 수도 있었다.

결국 두웨성이 결단을 내렸다.

"할 수 없다. 일단 출발!"

사자춤이 시작되었다. 앞쪽의 춤꾼이 사자의 앞다리 역할을 하면서 사자 머리를 움직여 생동감을 표현하고, 뒤쪽 춤꾼은 뒷다리 역할을 하며 머리의 움직임에 보조를 맞춰야 하는 것이 사자춤이다.

무엇보다 중요한 것은 두 사람의 호흡이었다. 한 사람이 앞으로 가려는데 뒤쪽이 뒤로 가도 안 되고, 앞다리가 왼쪽으로 움직이는데 뒤쪽이 오른쪽으로 발걸음을 떼면 스텝이 엉킬 수밖에 없다. 두 사람이 마치 네발짐승인 것처럼 한 몸으로 움직여야 하는 것이다.

쑨원과 노빈손도 예원에서 지내는 사이에 몇 차례 호흡을 맞춰 보았다. 누가 앞에서 서고 뒤에 설 것인지 정하려 했을 때, 쑨원은 가위바위보를 하자고 제의했다.

"이건 그냥 가위바위보로 정하세."

그 결과 노빈손이 앞에 서고 쑨원이 뒤를 맡게 되었다. 노빈손은 속으로 잠시 '아, 사자탈 머리가 정말 무거운데' 하고 투덜거렸지만, 진 것은 진 것이니 어쩔 수 없었다.

지금 돌이켜 보면 너무도 머나면 옛일처럼 느껴진다.

'그러고 보면, 쑨원 선생님은 정치 지도자인데도 꽤나 재미있는 분이었지. 나나 동동이도 격의 없이 친구처럼 대해 주고, 가위바위보로 사자탈 위치를 정하자고 한 것도 그렇고. 그런데 지금은 어디에 계신 걸까?'

노빈손은 추억에 잠긴 채 우두커니 예원 문 앞에 서 있었다. 지금 그 모든 노력이 다 수포로 돌아가려 하고 있었다.

'도대체 쑨원 선생님은 어디로 가신 거지? 설마 잡혀간 것은 아니겠지?'

🏮 열 살 많은 사람도 친구가 될 수 있다

중국에서 친구를 뜻하는 펑유(朋友)는 동갑인 친구만을 의미하지 않는다. 한국에서는 동갑이면 친구고 한 살이라도 많으면 선배고 적으면 후배라는 식으로 엄격하게 나누지만, 중국은 웬만큼 나이 차이가 나도 친해지면 펑요로 부른다. 또한 중국에서 선배라는 말은 아버지나 어머니뻘로 나이 차이가 나는 윗사람에게 사용하는 호칭이다.

 노빈손, 사자춤을 추다

그때였다.

멀리서 좀 어설퍼 보이는 사자 한 마리가 다가오고 있었다. 마치 노빈손을 향해서 반갑다고 달려오는 것 같았다. 어디선가 동동의 목소리가 들렸다.

"야, 빈손아! 여기 여기!"

"헉! 이 목소리는?"

눈이 휘둥그레진 채 목소리의 주인을 찾던 노빈손의 시선이 다가오는 사자탈로 꽂혔다. 다음 순간, 더욱 반가운 목소리가 귓속으로 들려왔다.

"이보게 노빈손 군, 빨리 교대해 주게. 이거 동동 군이랑은 힘들어서 못 하겠구면."

사자탈을 쓰고 있는 것은 다름 아닌 동동과 쑨원이었다.

관군과 쌍칼파가 날뛰는 난리통을 피해 일단 바깥으로 도망쳤던 두 사람은, 그 후 예원으로 다시 들어오지 못했다. 보는 눈이 너무 많았기 때문이다. 어쩔 수 없이 밖에서 대기할 수밖에 없었다.

그러다 대회가 열리고 길이 극도로 혼잡해진 오늘, 낡아빠진 사자탈을 하나 주워 쓰고 예원 주변을 어슬렁거리다가 노빈손이 문밖에 나온 것을 보고 달려온 것이었다. 세 사람은 탈 밑에 숨어서 그동안 어떻게 지냈는지에 대한 이야기를 잠시 나눴다. 전후 사정을 들은 노빈손이 동동의 어깨를 쳤다.

"역시! 동동 네가 쑨원 선생님을 지켜 드릴 줄 알았어!"

동동은 쑥스러운 건지 미안한 건지 모를 미소를 지으며 입을 열었다.

"당연하지. 그나저나 너도 인신매매 소굴에서 무사히 빠져나왔구나. 다행이다."

"인신매매 소굴? 아, 맞다!"

그 말을 들은 노빈손은 그제야 생각났다는 표정으로 말했다.

"동동아, 나 너희 아버지 만났어! 너희 아버지 덕분에 거기서 빠져나올 수 있었어. 지금은 황 사부께 치료받고 예원의 빈 방에서 쉬고 계셔."

"뭐? 우리 아버지가?"

동동의 얼굴이 환해졌다.

"건강은 어떠셔?"

"괜찮으시니까 걱정 마. 너는 그동안 어디 있었니?"

"장소림이 시키는 대로 해도, 그들이 아버지를 돌려보내 주지 않을 거라는 생각이 들더라고. 그래서 장소림의 명령대로 하는 대신, 쑨원 선생님을 모시고 밖으로 나와서 인력거에서 하룻밤을 묵었어. 예원이 어떻게 됐는지 보려고 돌아가려 했는데 밤새 누

 중국에는 소수민족들이 산다는데?

현대 중국은 다수민족인 한족과 55개의 소수민족으로 이뤄진 다민족 국가다. 한족이 전체 인구의 91.5%를 구성한다. 소수민족은 8.5%밖에 되지 않지만, 이들이 생활하는 영역은 중국 전체 영토의 60%에 달한다. 예부터 한족은 중원으로 불리는 중심 지역에 몰려 살았고, 소수민족들은 변방에서 살았다. 몽골족의 원나라와 만주족의 청나라는 이들 소수민족이 중원을 침략해 세운 왕조다. 조선족 역시 중국의 소수민족 중 하나로, 기원은 일제시대에 만주로 건너가 정착한 조선 사람들이다.

가 여기를 지키고 있는 거야. 할 수 없이 밖에서 노숙을 했지."

"야, 장소림이 길길이 날뛰고 있겠다. 완전히 너한테 속았네! 잘
했어, 동동."

"흠흠, 이보게들, 그런 대화를 굳이 지금 사자탈을 뒤집어쓰고 해
야 하겠는가?"

쑨원의 말에 두 사람은 정신을 차렸다.

"맞아요. 이런 이야기를 오래하고 있을 틈이 없죠. 빨리 가요!"

노빈손은 쑨원과 함께 사자탈을 뒤집어쓰고 다른 사자들의 틈으로 섞여 들었다. 동동은 인파 사이로 빠져나갔다.

"내가 미리 가서 준비해 두고 있을게. 선생님, 조심하세요."

동동의 목소리가 훨씬 밝아져 있었다.

"자, 이제 출발하세."

노빈손과 쑨원의 사자는 100미터 달리기라도 하듯 빠른 속도로 사자들 앞으로 달려갔다. 그때였다.

"으악!"

검은색의 흉측한 사자 한 마리가 옆에 와서 쿵 부딪쳤다. 일부러 충돌을 일으킨 것이었다. 그 자리에서 한 바퀴 바닥에 굴렀지만, 노빈손과 쑨원 모두 사자탈을 꼭 붙들고 있었기 때문에 얼굴이 드러나지 않았다.

"선생님, 괜찮으세요?"

"음, 괜찮네. 그런데 아무래도 우리 작전이 들통난 것 같구먼."

"아뇨, 그들도 이 사자들 중에서 누가 우리인지는 모를 겁니다. 절대 탈을 놓치지 말고 줄행랑치는 거, 아시죠?"

"알겠네."

노빈손과 쑨원은 어느새 착착 호흡이 맞는 콤비로 변해 있었다.

165

노빈손은 도망갈 때 주로 쓰는 헛다리짚기 권법을 사용했다. 왼쪽으로 움직일 것처럼 하면서 왼발을 앞으로 뻗다가, 갑자기 무게 중심을 오른쪽으로 이동하면서 앞으로 뛰어나가 앞길을 가로막는 검은 사자를 피한 것이다. 빠져나오면서 앞을 보니, 예원에서 함께 나온 노란 사자들 옆마다 검은 사자들이 들러붙어 있었다. 검은 사자들은 노란 사자들의 다리를 걸고 발길질을 하며 상대를 넘어뜨리려 했다.

"이놈들, 어디서 감히!"

하지만 호락호락 당하고 있을 예원 사람들이 아니었다. 난징루까지 가는 동안 곳곳에서 검은 사자와 누런 사자들이 뒤엉켜 치열하게 발길질을 해 댔다. 얼핏 보면 이동하면서 춤을 추고 있는 것 같아 보였지만, 사자탈 아래에서는 주먹질이 오가고 있었다. 검은 사자들은 얼굴을 누런 사자의 탈 밑으로 집어넣어 안에 누가 있는지 확인하려고까지 했다. 그러다 보니 한쪽은 사자탈 아래쪽으로 파고들거나 넘어뜨리려 하고, 한쪽은 펄쩍펄쩍 뛰며 도망가는 형국이었다. 그런 형태로 사자 십여 마리가 곳곳에서 뒤엉켰다.

길가의 행인들은 이런 속사정도 모르고 감탄을 내뱉었다.

"야, 정말 볼 만한걸. 대회장까지 가려면 아직 멀었는데, 벌써부터 싸우고 있구먼."

검은 사자탈을 쓴 자들은 쑨원이 숨어 있

**홍콩과 마카오도
사회주의 국가인가**

개항기 중국에서 영국 조계였던 홍콩은 20세기 내내 영(英)연방의 일부였으나, 1997년 7월 1일에 중국으로 반환됐다. 마카오는 1999년 12월 20일에 포르투갈에서 중국으로 반환됐다. 그렇다고 이들이 중국식 사회주의 체제로 바뀐 것은 아니다. 중국이 국가 통일의 원칙으로 내세우는 '일국양제'(하나의 국가, 두 개의 체제) 원칙에 따라 기존의 사회 체제를 그대로 유지하고 있다. 공식 명칭은 홍콩특별행정구, 마카오특별행정구이다.

는 사자탈을 찾느라 혈안이 되어 있었다.

"빨리 찾아내, 분명히 쑨원이 이 안에 있어!"

빈손의 옆으로 또 검은 사자 한 마리가 달려들었다. 노빈손은 뒤쪽에서 달려드는 검은 사자의 코를 향해 오른발을 날렸다. 사자의 발길질인 셈이었다.

"어이쿠!"

제대로 일격을 먹은 검은 사자가 그대로 땅바닥에 나뒹굴었다.

고개를 살짝 들어 앞을 보니, 왼쪽에서 다른 사자도 달려들고 있었다. 예원의 다른 사람들도 모두 검은 사자 떼에 둘러싸여 있는 터라 쑨원과 노빈손을 도와줄 수가 없었다.

"이거 완전 사면초가잖아!"

그때였다. 어디선가 붉은 사자 떼가 나타나더니 빈손과 쑨원의 사자 앞으로 뛰어들었다. 쑨원이 외쳤다.

"이 붉은 사자는 또 뭐야? 저것들도 우리를 잡으러 온 거야?"

"선생님, 아니에요. 보세요, 붉은 사자들이 검은 사자를 공격하고 있어요!"

자세히 보니, 붉은 사자들이 나타나 검은 사자들을 누런 사자에게서 떼어 놓고 있었다. 그들은 다름 아닌 두웨성이 보낸 사자들이었다. 푸동에서 아주 힘센 춤꾼들이 온다고 하더니만, 붉은 사자들이 그 사람들이었다. 황푸 강 건너편인 푸동은 바로 두웨성의 고향이었다.

"여기, 여기!"

노빈손이 그들을 향해 소리쳤다. 이내 붉은 사자 두 마리가 노빈손의 왼쪽과 오른쪽으로 달려와 찰싹 달라붙었다. 경호 사자인 셈이었다. 붉은 사자 두 마리와 노란 사자 한 마리가 나란히 난징루를 향해 달려가는 모습이 장관이었다. 주변으로 검은 사자들이 계속 달려들었지만, 붉은 사자들의 기량을 당해 내지 못했다. 붉은 사자탈을 쓴 춤꾼들은 검은 사자의 다리를 걸어 넘어뜨리고, 어깨로 부딪쳐 쓰러뜨렸다.

그렇게 조금씩 난징루가 가까워지고 있었다. 대회장이 앞에 보이기 시작하자 주변이 시끄러워졌다. 시내 곳곳에서 몰려든 사자들로 비집고 들어갈 틈이 없었다. 사실상 이때부터 대회가 시작되는 셈이었다. 장대까지 가는 과정에서 다치고 넘어져 쓰러지는 사자들이 수두룩했다. 경공술에 밝은 이들은 사자들의 어깨를 타고 넘었고, 몸집이 작은 사람들은 다른 사자탈의 아래를 파고들어 길을 뚫었다.

누군가 폭죽을 터뜨렸다. 이것이 신호라도 되는 양 여기저기서 폭죽이 터지기 시작했다. 축제의 분위기는 완전히 무르익었다.

그때였다.

타앙!

갑자기 강렬한 폭발음과 함께 앞에 서 있던 노란 사자 한 마리가 쓰러졌다. 검은 사자탈을 쓴 누군가가 바지춤에서 번쩍이는 물건을 꺼내 들고 있었다. 총을 쏜 것이다. 하지만 폭죽 소리에 묻혀 총소리가 들리지 않았다. 쑨원과 노빈손을 찾아내지 못하자, 노란 사자를 닥치는 대로 쓰러뜨리려는 것이었다. 무자비한 자들이었다.

탕, 탕!

다른 사자 한 마리가 또 쓰러졌다. 하지만 쓰러진 사람 중 그 누구도 탈을 벗지 않았다.

 중국이 1차 대전 승전국이라고?

1차 대전 당시 일본의 식민지가 되었던 우리와는 달리, 중국에는 형식적으로나마 중화민국의 정부가 존재했다. 중국 정부는 1차 대전에 참전하여 17만 명에 이르는 비전투요원을 유럽 전선에 파견하기도 했다. 참호 파는 작업 등 노동력을 제공했기에 세계대전이 끝난 뒤 승전국 대열에 낄 수 있었던 것이다. 당시 중국은 자기 나라에 진출해 있는 유럽 열강들더러 본국으로 돌아가라며 승전국의 자격으로 요구했지만 전혀 받아들여지지 않았다.

169

"위험해! 총이다."

잘 들리지도 않는 목소리가 터져 나왔다.

"모두 쑨원 선생님을 둘러싸!"

붉은 사자 떼가 쑨원과 노빈손 주위로 몰려들었다. 평생을 인력거꾼으로, 장사치로, 농사꾼으로 살아온 이들이 목숨을 걸고서 온몸으로 쑨원과 노빈손을 보호하고 있었다. 그들을 향해 까만 총구가 움직였다.

그때였다. 붉은 사자 한 마리가 전광석화처럼 총을 쥔 검은 사자를 덮쳤다. 두 사자가 엉켜 있는 가운데 총소리가 한 발 울렸다.

탕!

잠시 붉은 사자가 꿈틀하는가 싶더니, 총을 든 춤꾼 한 명이 사자탈 밖으로 나왔다. 그는 바로 두웨성이었다. 두웨성이 큰 소리로 외쳤다.

"총을 빼앗았다! 이제 안전하다. 자, 춤을 추자!"

그 틈을 이용해 노빈손과 쑨원은 사자탈을 벗고 빠져 나왔다. 난징루의 동쪽 끝으로 멀리 황푸 강의 물이 보였다. 와이탄이었다. 동동이 노빈손의 인력거를 끌고 뛰어왔다. 노빈손은 쑨원과 함께 자전거가 부착된 최신식 인력거를 타고 외백도교를 향해 달리기 시작했다.

중국 대륙과 타이완은 쓰는 문자가 다르다

타이완과 중국은 똑같이 '만다린(普通話)'이라는 언어를 쓴다. 그러나 문자는 다르다. 중국 대륙은 복잡한 한자를 단순하게 바꾼 간체자를 쓴다. 반면 타이완은 한국처럼 번체자 한자를 쓴다. 그래서 중국 젊은이들 중에는 한국에서 쓰는 복잡한 한자를 보고서 "이게 무슨 글자냐?"고 도리어 묻는 사람들도 있다.

"선생님, 이제 다 끝났어요. 시간도 여유가 있으니 출항 시간에 늦진 않을 것 같아요."

노빈손이 뒤를 돌아보며 쑨원에게 말했지만, 쑨원은 아무런 말이 없었다. 그저 침통한 표정으로 앞을 응시할 뿐이었다.

'아, 너무 많은 희생이 있었다. 나 하나를 위해 몸을 던진 사람들의 뜻을, 나는 결코 잊어서는 안 된다.'

 상하이 항구의 난투극

한 20분쯤 달렸을까. 멀리 외백도교가 보였다. 다리 아래에는 여러 척의 배가 정박되어 있었다. 그중 한 척이 쑨원이 타고 갈 배일 것이다.

여기까지 오는 동안 아무 방해 세력도 없었다. 뒤를 쫓는 무리도, 버버리 코트 차림의 괴한들도 없었다. 사자춤 대회 때문에 사람들이 온통 난징루로 몰려갔기 때문인지 포구는 평소와 달리 한산했다.

가까이 다가가니, 도대체 어떤 배에 타야 할지 알 수 없었다. 하지만 쑨원은 태연하게 말했다.

"걱정하지 말게, 모든 일이 잘 진행되고 있으니까. 정말 고맙네."

그러나 노빈손은 뭔가 께름칙했다. 모든 일이 계획대로 진행되고 있다고 확신할 때, 오히려 불안이 찾아든다. 혹시 일이 잘못되지는 않을까, 마지막에 액운이 따르지는 않을까 별별 생각이 다 드는 법이다.

멀리 배 위에서 누군가 모습을 드러냈다. 쑨원은 어떤 확신을 가진 듯 그 배를 향해 다가갔다. 그는 손을 흔들고 있었다. 이 긴 여정의 끝이 보이는 것일까?

배가 점점 가까워지자 갑판 위에 있는 자들의 모습이 뚜렷해졌다. 상대는 중절모를 쓴 사내였다. 모자 아래로는 변발을 하고 있었다. 모자를 살짝 들어 인사를 하는 시늉을 하는데, 이마 위로 소림 승려를 상징하는 9개의 점이 보였다. 바로 장소림이었다.

'아뿔싸!'

노빈손과 쑨원은 반대 방향으로 냅다 달려가기 시작했다. 쑨원은 의외로 노빈손보다 달리기 속도가 빨랐다.

'역시 저 분도 도망가는 데는 이력이 난 분이야.'

노빈손은 속으로 감탄했다. 그런데 앞서 달려서 부두 바깥 외백도교 다리 위로 올라가던 쑨원이 다시 돌아오고 있는 게 아닌가.

"아니, 왜 돌아오세요?"

"꼼짝 없이 갇혔다네. 바다로 뛰어들 수도 없고."

다리 위에서는 난징루에서부터 노빈손과 쑨원을 쫓아온 쌍칼과 삼인방이 다가오고 있었다. 앞뒤가 가로막힌 셈이었다.

"쌍칼은 내내 쫓아왔으니 그렇다 치고, 장소림은 내가 여기 올 줄 어떻게 알았을까?"

"두루마리를 본 것 아닐까요?"

"음, 그렇군."

의외로 쑨원은 담담했다.

사실 두루마리에 적힌 시의 내용은 단순했다. 후반부 네 번째 구절에 나온 '멀리 떠도는 신선의 돛대여(遠水浮仙棹)'에서, 떠도는 것은 바로 쑨원이 타고 갈 배의 이름(仙棹, 선탁, 신선의 돛대)을 뜻했다. 또 '외백교를 지나니(因過外白橋)'라는 구절은 배를 탈 장소인 '외백도교' 아래의 부두를 뜻했고, 마지막 구절 '부디 네 줄의 편지 쓰는 걸 잊지 마오(莫忘四行書)'에서 가리키는 네 줄(四行)은 배가 떠나는 시각인 4시를 의미했다. 새벽에 입출항을 할 수 없는 상하이 항이니, 이는 곧 오후 4시였다.

장소림은 두루마리에 적힌 시에 나오는 배의 이름, 출발 장소, 시각을 보고서 찾아와 미리 진을 치고 기다렸던 것이다. 배에서 기다릴 가능성까지 예상했어야 하는데 너무 방심했다.

노빈손은 쑨원을 흘겨보며 말했다.

"선생님, 암호가 너무 쉬웠던 것 아니에요?"

그렇긴 하다. 하지만 두루마리 뒤에 더 큰 비밀이 담겨 있다는 사실을 노빈손은 모르고 있었다.

양쪽에서 쑨원을 잡기 위해 달려오던 쌍칼파와 장소림파가 부두에서 맞부딪쳤다.

 후룩후룩거리는 후통
(胡同)

롱탕이 남방계 골목을 뜻한다면, 후통은 중국의 수도 베이징의 좁은 골목길을 일컫는 말이다. 중국의 전통 가옥인 쓰허위안이 다닥다닥 붙어서 만들어진 것이 후통이다. 베이징에 가면 인력거를 타고 후통을 따라 좁은 골목길을 다니며 중국인들의 일상생활을 엿보는 관광객도 있다. 중국 정부가 2008년 올림픽을 앞두고 옛날 후통을 많이 없애는 바람에 반발을 사기도 했다. 지금은 일부만 보존을 위해 남아 있다.

쌍칼이 소리쳤다.

"장소림, 네가 어떻게 여기 와 있는 거지?"

"이번에는 절대 너희들이 일을 망쳐 놓게 할 수 없지. 이미 저 배도 우리가 접수했다."

"뭐라고?"

"쌍칼, 너는 상하이 역에서도 일을 그르쳤잖아. 쓸데없이 쑨원을 납치하러 민가에 들어갔다가 황비홍을 끌어들인 것도 너희잖아. 너는 이미 베이징에서 신뢰를 잃었어."

원수는…

"장소림, 너야말로 그렇게 우리 주위를 뱅뱅 돌면서 쑨원을 가로채려 했던 것 아닌가? 이번에도 우리가 잡은 녀석들을 가로채려 하다니 용서 못해!"

"너는 머리를 쓸 줄 몰라."

장소림은 한 손가락 끝으로 머리를 툭툭 건드리며 허리춤에서 뭔가를 꺼내 들었다. 바로 잃어버린 두루마리였다.

"우리는 이걸 손에 넣고서 쑨원을 기다렸지."

장소림이 쥐고 있는 두루

쿠쿵

만난다더니 …

난 모르는 사람들인데?

마리를 본 쑨원의 다리에서 힘이 빠져나갔다.

'저 두루마리가 위안스카이의 손에 들어가는 일은 무슨 일이 있어도 막아야 한다. 저들의 손에 있다가는 언젠가는 명단이 들통날 텐데! 아, 내가 정말 큰 실수를 했구나.'

쑨원은 불안한 마음을 추스르지 못했다. 마음 같아서는 장소림에게 달려들어 두루마리를 빼앗아 바다로 뛰어들고 싶었다.

그때였다. 쌍칼이 쑨원 대신 장소림을 공격했다. 정확하게는 두루마리를 향해 달려든 것이었다. 장소림이 공격을 피하며 말했다.

"워, 워, 워~. 잠깐! 진정하시게, 아우. 내가 설마 혼자 다 먹겠는가. 지금 우리가 싸워 봐야 누가 이득을 보겠나?"

"그 말을 믿으라구?"

외나무 다리에서…

쌍칼은 공격을 멈추지 않았다. 하지만 장소림은 무술의 고수였다. 저잣거리에서 싸움만 익힌 쌍칼과는 차원이 달랐다. 그는 여유있게 쌍칼의 공격을 피했다.

"이보게, 쌍칼 아우. 우리 같이 배에서 이 두루마리의 비밀을 캐 보는 게 어떤가? 아직 황비홍이 남아 있단 말이야. 우리가 이렇게 싸울 틈이 없어."

황비홍이라는 말에 쌍칼은 공격을 멈추었다. 쌍칼을 따라 장소림의 부하들을 향해 달려들던 삼인방도 멈칫했다. 쌍칼이 한숨을 쉬고 말했다.

"일단 지금은 힘을 합칠 때가 맞는 것 같으이다. 하지만, 배신했다가는 내 주머니의 쌍칼이 가만 있지 않을 거요."

"좋아. 일단 저 자들을 먼저 끌고 가."

쑨원과 노빈손은 저항할 틈도 없이 두 패거리의 손에 붙들려 배에 올랐다.

일본으로 가는 밀항선 '신선의 돛대'는 증기선이었지만, 바람이 좋을 때 돛을 올리기도 하는 그리 크지 않은 배였다. 선장은 배 안에 묶여 있었다. 나머지 선원들, 기관사와 갑판장도 모조리 손발이 묶이고 입에 재갈이 채워진 채 기관실 바닥에 쓰러져 있었다. 쑨원과 노빈손 역시 그들처럼 손발이 묶여 갑판 한구석으로 내몰렸다.

'황 사부만 계신다면 이런 녀석들은 한 주먹감도 되지 않을 텐데…….'

안타까웠다. 사자춤 대회가 끝나려면 시간이 아직 많이 남아 있었다. 지금쯤이면 최종 승자를 가리기 위한 혈투가 벌어지고 있을 터였다. 예원과 청방 사람들은 거기에 정신이 팔려 있을지도 모를 일이었다.

'황 사부는 왜 항상 때를 못 맞추는 걸까.'

노빈손은 공연히 황비홍을 원망했다. 되돌아보면 그는 항상 결정

176

적인 순간을 잠시 비켜서 나타났다. 하지만, 어쨌든 늦게라도 항상 나타나 주었으니 다행이었다. 그런데 이번에도 과연 나타나 줄까.

쑨원은 지그시 눈을 감고 있었다. 산전수전 다 겪은 대인의 풍모이기는 했지만, 한편으로는 무능해 보이기도 했다. 노빈손은 부지런히 주변을 돌아보며 빠져나갈 방법이 없을지 잔머리를 굴렸다. 뒤로 묶인 손을 꼼지락거리며 묶인 줄을 풀어 보려고 용도 써 봤다. 장소림의 부하 중 한 명이 노빈손이 안간힘을 쓰는 것을 보고 말했다.

"어이 대머리, 아무리 꿈틀거려 봐야 안 풀려. 우리가 정말 신경 써서 묶었거든. 하하하, 지난번에는 잘도 도망을 갔겠다."

쌍칼과 장소림은 언제 다퉜냐는 듯이 형님 아우 하며 승리를 자축하고 있었다.

"음하하, 역시 내가 말이야, 시에는 일가견이 있어. 크하하!"

"대단하십니다, 형님."

"뭘 그 정도를 가지고, 하하하. 이제 선장실로 가서 이 배를 몰고 빨리 여기를 빠져나가자."

"아니, 다 잡았는데 뭘 그렇게 서두르십니까."

"그래야 황비홍이나 두웨성 모두 쑨원이 무사히 상하이를 빠져나간 것으로 알 것 아니냐."

"그자들은 아마도 지금 사자춤 대회 우승

중산복을 아시나요?
중산복은 인민복 또는 마오룩(Mao look)이라고도 한다. 쑨원이 고안한 옷이라서 그의 호를 따서 중산복이라고 불린다. 1929년에 국민당에서 국가의 공식 예복으로 지정했다. 옷소매에 있는 3개의 단추는 민생·민주·민족 '삼민주의'를 상징하고, 4개의 주머니는 예·의·염·치를 뜻한다. 윗옷의 5개 단추는 입법·사법·행정·감찰·고시의 오권분립을 의미한다. 디자인은 단순한데, 단추의 의미는 복잡하다.

자를 가리느라 정신이 없을 겁니다."

"방심해서는 안 돼. 쌍칼, 자네 부하가 배를 몰 줄 안다고 했지?"

"그럼요. 그러면 출발하게 선장실로 올라갑시다."

두 사람은 쑨원과 노빈손을 부하들에게 맡겨 두고 밖으로 나갔다. 이번에는 예전과 상황이 달랐다. 배가 항구를 떠나 버리면 황비홍도 더 이상 쫓아올 수 없다. 아니면 쑨원이 무사히 일본으로 떠난 것으로 알고 돌아갈 수도 있었다.

얼마나 시간이 흘렀을까. 배는 황푸 강에서 바다를 향해 방향을 틀었다. 상하이를 관통하는 황푸 강을 벗어나면, 바다로 나가거나 양쯔 강을 거슬러 난징을 비롯한 내륙으로 들어갈 수도 있었다.

어디로 가는 걸까. 지금까지의 노력이 이렇게 허무하게 끝난다고 생각하니 노빈손은 억장이 무너졌다. 쑨원 역시 두루마리를 잃어버린 것에 대한 자책감에서 헤어나지 못하고 있었다. 신해혁명을 도왔던 재력가들의 비밀 명단이 숨겨진 두루마리였다.

'차라리 만들지 말았어야 했는데……'

이제는 이 자들이 두루마리의 비밀을 알아채지 못하기를 바라는 것 외에는 아무것도 할 수가 없었다. 다행히 지금까지는 모르는 눈치였다.

그때였다. 쑨원은 뒷덜미에 강한 충격을 받고 쓰러졌다. 마치 목이 꺾이는 것 같았다. 누군가가 쓰러진 쑨원의 목덜미를 발로 밟았다. 팔이 묶인 쑨원은 저항조차 할 수 없었다.

"이것 봐, 이 두루마리에 씌어 있는 내용이 도대체 뭐야?"

쌍칼이었다. 그 옆에서 장소림이 두루마리를 들고 서 있었다.

"단순히 배 이름과 출발 시간만 알리는 거라면 이렇게 공을 들여 두루마리로 만들 이유도 없었을 거야. 그렇지 않아? 나는 그냥 넘어가는 법이 없지."

"따거, 역시 눈치 100단이십니다. 이거 엄청 값비싼 두루마리로 보이는데요, 갖다가 팔면 되지 않을까요?"

"으이그, 좀 창의적으로 생각을 해 봐. 여기에 뭐가 숨겨져 있을 수도 있잖아."

"그럼, 혹시 보물 지도가……?"

삼인방 중 한 녀석이 머리를 긁적이며 말꼬리를 흐렸다. 쌍칼의 눈이 번득이면서 쑨원의 목덜미를 밟은 발에 힘이 들어갔다.

그러나 장소림은 그다지 흥미가 없는 듯했다.

"보물 지도는 무슨 보물 지도. 그건 차차 알아보고, 일단 빨리 여기를 뜨자. 이것 봐 쌍칼, 저 대머리 녀석은 적당히 깊은 바다에 빠트려 버려. 그리고 고귀하신 쑨원 님은 위안스카이 각하에게 데려가야 하니까, 어디 가둬 놓고 물이랑 빵이랑 좀 주고. 그럼 나는 먼저 선실에 가 있겠네."

장소림은 하품을 하며 선실로 사라졌다. 졸개 두 명이 노빈손을 자리에서 일으켜 배의 뒤쪽으로 데려갔다. 그러면서 자기들끼

아름다운 치파오

만주족의 전통 복장이 청나라를 거치면서 중국의 전통 복장으로 굳어진 것이다. 만주족은 유목 민족이라 여성들도 말에 타야 했다. 그러다 보니 여성의 치마도 말을 타기 편하게 한쪽을 찢었다. 〈화양연화〉라는 영화에서는 중국 배우 장만옥이 다양한 종류의 치파오를 입고 나와 서구 사회에 치파오의 아름다움을 선보였다.

리 대화를 주고받았다.

"이것 봐. 빠트리려면 무거운 물건을 묶어야겠지?"

"됐슈, 배에 뭐가 있다고 그래. 그냥 빠트려."

노빈손은 희망을 잃어 가고 있었다. 배가 상하이 항을 거의 빠져 나왔다. 육지와 연결된 등대가 뱃전을 지나치는 것이 보였다. 항구에 들어오고 나가는 배들을 위해서 밤바다를 밝혀 주는 등대였다.

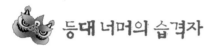 등대 너머의 습격자

쌍칼은 여전히 쑨원의 목덜미를 밟은 채 서 있었다.

"저 두루마리 속에 분명히 뭔가 있어. 그게 만약 보물 지도면 대박이다. 대박!"

쑨원은 마음속으로 기도했다.

'오 신이시여, 제발… 제 목숨을 바치는 한이 있더라도 이 악마들의 손에서 두루마리를 지켜 내도록 해 주소서.'

"만약에 보물 지도가 나온다면 장소림이랑 몫을 나눠야 하나? 아니지, 무슨 그런 섭한 말을. 그럼 어떻게 두루마리를 장소림 손아귀에서 빼낸다?"

혼자 중얼대며 궁리하던 쌍칼은 쑨원의 귀에 입을 대고 낮은 목소리로 물었다.

"쑨원 선생, 저 두루마리에 뭐가 있지? 털어놓으면 내가 살려 주지. 좋은 게 있으면 나눠 갖자고. 나도 사실은 조국을 사랑하는 사람이니까, 잘 생각해 보시라고요."

쑨원은 분노에 찬 시선으로 쌍칼을 바라보았다.

"조국? 그대가 말하는 조국이 무엇이오?"

"뭘 그렇게 꼬치꼬치 따져? 조국은 그냥 조국이지."

"지금도 수많은 중국인들이 고통당하고 있소. 오랫동안 무능한 청나라를 떠받들며 신음했고, 이제는 밀려오는 제국들과 일어서는 군벌들에 짓눌려 사람들의 목숨과 평화로운 일상이 바람 앞의 촛불과 같단 말이오."

쌍칼이 코웃음을 쳤다.

"그래서 혁명을 일으켰다, 이 말씀이신가? 그것 참 훌륭하군. 무엇을 위해서? 누구를 위한 혁명인데? 당신네 같은 정치가?"

"아이들이오."

"뭐?"

"나는 가난한 소작인의 아들로 태어나 초라한 집에 살았소. 쌀밥을 먹을 수 없어 고구마만 먹고 자랐소. 그런 기억을 우리 아이들에게 물려주기 싫었소. 아이들의 발에 신발을 신겨 주고, 아이들의 배에 밥을 채워 주고 싶었기에 혁명가가 된 것이오."

왜 복(福)자를 거꾸로 붙일까

중국 상점에 붙어 있는 복(福)자는 모두 거꾸로 붙어 있다. 원래 복주머니에도 복 자가 써 있는데, 주머니의 터진 부분이 위쪽으로 향해 있으면 복이 하늘로 날아간다는 생각에서 복주머니를 항상 뒤집어 놓았다고 한다. 그래서 그 위에 써 있는 복 자도 거꾸로 뒤집어진 것이다. 복이 하늘에서 쏟아지라고 복 자를 거꾸로 뒤집어 놓았다는 설도 있다. 중국 상점에 가면 꼭 확인해 보자.

순간 사방이 조용해졌다. 쌍칼조차 잠시 입을 다문 채 아무 말도 하지 않았다. 헛기침으로 정적을 깬 쌍칼은 거친 목소리로 말했다.

"끝내 묵비권을 행사하시겠다? 할 수 없군, 저 두루마리를 한번 찢어서 속을 들여다봐야겠어. 아무래도 이상하단 말이야. 너무 두꺼워 보인다는 말이지."

이렇게 말한 쌍칼은 장소림이 있는 선실 쪽으로 걸어갔다. 쑨원은 안타까운 마음에 심장이 터질 것 같았다.

'어쩌다 저런 자들의 손아귀에 두루마리가 들어가게 된 거지?'

쑨원은 이를 악물었다. 얼마나 강하게 물었는지 입술 한쪽이 터져서 피가 흘렀다. 소리 없는 눈물이 흘렀다.

뱃전으로 끌려가던 노빈손은 갑자기 몸이 가벼워지는 것을 느꼈다. 노빈손을 끌고 가던 졸개 두 명이 맥없이 고꾸라진 것이었다. 둘다 그야말로 끽소리 한번 내지 못하고 갑판 위에 쓰러졌다. 노빈손이 깜짝 놀라 고개를 들자 어디선가 바람 새는 듯한 소리가 들렸다.

"쉬잇!"

소리가 난 쪽을 보니, 황비홍이 오른쪽 집게손가락을 입에 갖다 대고 있었다. 그의 몸은 흠뻑 젖어 있었다. 멀리서 배 위의 상황을 확인한 뒤, 이동 경로 위에 있는 등대 옆에서 기다리다가 배가 가까워진 순간 물속으로 뛰어들어 갑판 위로 오른 듯했다.

쿵푸 고수의 실력은 대단했다. 급소를 공격당한 악당 두 사람은 엎드린 채 정신을 차리지 못하고 있었다. 노빈손은 너무 반가워 소리를 지를 뻔했다.

"쑨원 선생님은?"

황비홍이 물었다. 노빈손은 쑨원 쪽을 눈으로 가리켰다. 쑨원이 밧줄로 포박당한 채 갑판 한구석에 쓰러져 있었다. 선실 저편에

 중국 마트에는 자전거 유료 주차장이 있다

중국에서 자전거는 생활의 일부다. 어린이부터 노인까지 모두가 자전거를 교통 수단으로 이용한다. 자동차가 많이 보급되기는 했지만, 지금도 서민의 교통수단은 자전거다. 큰 건물이나 시장 등 사람이 많이 모이는 곳에는 어김없이 자전거 유료 주차장이 있다. 만약 그냥 길거리에 자물쇠를 채워서 세워 놓았다가는 어김없이 도난을 당한다.

서 쌍칼의 목소리가 들렸다.

"빨리 칼 가져와 봐, 어서~."

황비홍은 쑨원과 노빈손의 묶인 손과 발을 풀어 주었다. 노빈손은 감격해 펄쩍펄쩍 뛰었다. 이번에도 아슬아슬한 시간에 나타난 황비홍이 원망스러웠지만, 그보다는 반가운 마음이 더 컸다.

쑨원은 황비홍의 손을 붙잡았다.

"황 사부, 알고 계시죠? 그 두루마리가 지금 여기 있습니다. 되찾든지, 아니면 최소한 없애야 합니다."

"드디어 문제의 두루마리를 찾으셨군요. 나머지는 저한테 맡겨 두십시오."

쑨원은 선장과 선원들이 감금되어 있는 기관실에 숨기로 했다. 노빈손도 쑨원을 따라 기관실로 들어가려는데, 황비홍이 느닷없이 뒷덜미를 잡아 낚아챘다. 그가 손가락으로 따라오라는 시늉을 했다. 그러더니 장소림 패거리가 모여 있는 갑판으로 살금살금 걸어갔다.

'아니, 왜 나를? 지금 나랑 같이 저자들을 공격하자고요?'

노빈손은 표정과 손짓 발짓 눈짓 몸짓을 동원해 황비홍에게 물었다. 황비홍이 고개를 끄덕였다.

노빈손은 덜컥 겁이 났다. 지금까지야 정말 우연히 괴한들을 물리쳤지만, 이번에는 진짜 싸움이 찾아온 것이다.

'지금이라도 사실을 고백해야 하나?'

황비홍은 여전히 노빈손이 택견 고수라고 믿고 있는 모양이었다. 지금이라도 실토할까 말까 고민이었다.

'에라 모르겠다. 죽기 아니면 까무러치기지, 여기까지 왔는데.'

노빈손은 각오를 단단히 다지고 황비홍의 뒤를 따라 장소림 일행에게 다가갔다. 순간 갑자기 뒤통수가 서늘해지는 느낌에 황급히 고개를 숙이자, 누군가의 주먹이 허공을 지나쳤다. 산전수전 겪으면서 얻은 노빈손의 본능에 가까운 직감은 이번에도 진가를 발휘했다.

하지만 끝이 아니었다. 뒤를 이어 다른 손이 뻗어 나왔다. 어찌나 빠른지 손바닥과 주먹이 두세 개로 보였다. 상대는 양어깨를 벌리며 덮치듯이 노빈손에게 달려들었다. 노빈손은 자기도 모르게 또 외마디 소리를 내며 옆으로 살짝 몸을 틀었다.

노빈손이 옆으로 비키자 공격하던 자는 그대로 황비홍의 등을 향해 달려드는 꼴이 되었다. 황비홍은 재빠르게 몸을 돌려서 상대방의 가슴과 목덜미 몇 군데를 손가락 끝으로 탁탁 찌르듯이 가격했다. 그 자도 아무 소리도 내지 못하고 앞으로 고꾸라졌다. 순식간에 일어난 일이었다. 노빈손은 벌린 입을 다물지 못했다.

"우아, 끝내준다! 어떻게 된 거죠?"

"급소를 살짝 피해 경혈을 몇 군데 눌러 뒀으니, 푹 자다가 일어날 것이네."

"그보다 배를 빨리 세워야 할 텐데요."

"선장실로 가세."

중화민국 정통성 누가 계승했나

신해혁명으로 성립된 중화민국은 아시아 최초의 공화제 국가다. 그러나 끊이지 않는 내전과 외세의 간섭, 군벌의 지배 등으로 분열되었고, 1930년대의 국공내전과 중일전쟁을 겪을 때는 중앙정부가 둘 이상이 되기도 했다. 이후 중국 공산당은 쑨원이 세운 국민당과 벌인 '국공내전'에서 승리하여 1949년에 중화인민공화국 정부를 세웠다. 현재 중화인민공화국에서는 10월 1일을 '국경절'로 정하고 매년 이를 기념한다. 내전에서 패한 국민당은 타이완으로 도피하여 정권을 유지하였으나, 중화인민공화국 정부는 타이완 정권을 인정하지 않고 있다.

두 사람은 장소림과 쌍칼이 있는 선장실 겸 조타실로 향했다. 선장실로 이어지는 계단을 오르는데 칼이 날아왔다. 칼은 황비홍의 등을 정확하게 겨누고 있었다.

"위험해요!"

노빈손의 외침과 동시에, 황비홍은 침착하면서도 재빠른 몸짓으로 칼을 피했다. 상대는 쌍칼이었다. 그는 칼을 잘 쓰는 것으로도 유명했다. 적을 공격해도 의식만 잃게 만드는 황비홍과 달리, 쌍칼은 얼굴에 살기가 등등한 모습으로 나타났다. 그 뒤로 장소림의 모습이 보였다. 칼을 든 수하들을 줄줄이 거느리고 있었다.

"아무리 황비홍이지만 혼자 나타날 줄은 몰랐는데, 그 명성도 오늘로 빛을 잃겠군."

"안 되겠군. 노빈손, 자네는 빨리 기관실로 돌아가 선생님을 지켜!"

"아닙니다. 황 사부, 저도 여기서 돕겠습니다."

사실 뒤쪽에서 삼인방 녀석들이 달려오고 있었기에 도저히 빠질 수도 없는 상황이었다. 그러나 노빈손은 그들의 실력을 이미 한 차례 경험해 본 터였다. 공격을 피하는 척 옆으로 빠지면서, 살짝 왼발을 앞으로 내밀어 발을 걸어 넘어뜨렸다.

"어이쿠!"

사교댄스를 즐기는 중국인들

중국에서는 공원에서 아침저녁으로 음악을 틀어 놓고 사교댄스를 즐기는 사람들을 자주 볼 수 있다. 원래 이것은 1920년대에 상하이의 상류 사회를 중심으로 퍼진 서양의 풍습이다. 하지만 1949년에 중화인민공화국 정부가 수립된 이후 국가 차원에서 사교댄스를 대중화했다. 1980년대 이후에는 대중의 건전한 놀이문화로 정착하여, 공원이나 공터 곳곳에서 손에 손을 잡고 춤을 추는 사람들을 볼 수 있게 됐다.

한 명이 넘어졌다. 나머지 삼인방 멤버 두 사람이 노빈손의 뒤를 쫓았다. 게다가 왕손이까지 가세했다. 쑨원이 있는 기관실 쪽을 피해서 도망다니자니 좁은 배 위에서 갈 곳이 마땅치 않았다.

결국 노빈손은 배의 가장 높은 곳인 돛대를 타고 올라갔다. 돛대 끝의 줄에 대롱대롱 매달려, 어린 시절 만화 영화에서 보았던 타잔처럼 밧줄을 타고 이쪽저쪽을 오가며 악당들의 머리 위를 어지럽게 날아다녔다. 삼인방 패거리는 양쪽으로 왔다 갔다 하다가 자리에서 멈췄다.

"그래, 계속 매달려 있어라. 팔에 힘이 빠지면 내려올 수밖에 없겠지. 그러면 우리가 상대해 주마."

노빈손은 난처해졌다. 이러다간 계속 허공에 매달려 있어야 할 판이었다. 언제까지 버틸 수 있을까?

'황 사부가 빨리 저자들을 제압해야 할 텐데……'

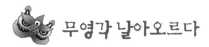

무영각 날아오르다

황비홍은 침착했다. 장소림과 쌍칼 패거리들은 갑판이 좁은 탓에 한꺼번에 달려들지 못했다. 잘못하다가는 좁은 공간에서 자기들끼리 엉켜 피해를 입을 가능성이 컸기에 무기를 함부로 휘두르지 못했다. 먼저 두목을 쓰러뜨려야 한다. 그러면 나머지 졸개들은 오합지

졸처럼 흩어질 것이었다.

쌍칼은 다시 칼을 꺼내 들었다. 황비홍은 그를 보며 고개를 끄덕였다.

'역시. 저 자는 무술인이 아니군.'

쉽게 칼을 쓰는 자들은 신체적 수련이 부족한 경우가 많았다. 황비홍이 다가가자 쌍칼은 한 걸음 뒤로 물러서며 휙휙 요란스럽게 칼을 휘둘렀다. 쉽게 달려들지는 못했다. 그의 눈에 오히려 긴장한 기색이 보였다. 황비홍이라는 이름이 쌍칼에게 두려움을 안겨 준 것이다. 그 순간 승부는 판가름 났다.

황비홍의 허리를 향해 왼쪽에서 오른쪽으로 칼끝이 날아 들어왔다. 전광석화 같은 빠른 공격이었다. 칼의 전문가다웠다. 그러나 황비홍은 쌍칼의 눈을 정확하게 읽었다. 살짝 허리를 젖혀 피하며 오른손으로 상대방의 손목을 한 차례 가격하고, 왼손으로 칼을 쥔 쌍칼의 손목을 잡고서 다시 오른손 주먹으로 쌍칼의 왼쪽 허리 윗부분을 가격했다.

우드득! 갈비뼈가 부러지는 것이 손등에 느껴졌다. 불과 1초 만에 이뤄진 일이었다. 한 번에 급소를 노리고 들어가는 일격, 그 일격을 위해 얼마나 많은 세월의 수련이 필요한가. 쓰러진 쌍칼은 호흡이 힘들어 제대로 일어서지도 못했다. 장소림의 부하들은 놀란 입을 다물지 못했다.

"뭐하는 거야, 한꺼번에 달려들어!"

장소림이 외쳤다. 그러나 부하들은 머뭇거렸다.

"에잇!"

장소림이 허리춤에 손을 잠시 갖다 대더니 권총을 빼들었다. 총은 황비홍을 향해 불꽃을 내뿜었다. 황비홍은 선실 철문 뒤로 몸을 숨겼다. 오른쪽 어깨 옆으로 휘잉 하고 총알이 지나갔다. 찢어진 옷에서 피가 흘렀다.

"으하하, 천하의 황비홍도 총 앞에선 한 마리 생쥐에 불과하구나."

기세가 등등해진 장소림은 총을 겨눈 채 부하들과 함께 황비홍의 뒤를 쫓았다. 황비홍은 선실의 좁은 창문을 통해 배의 왼쪽 편과 오른쪽 편을 차례로 오가며 공격을 피했다. 그러다 한 명 한 명 손발에 걸리는 족족 바다로 밀어넣어 적의 숫자를 줄였다. 배의 가장 높은 곳 돛대 위에 매달려 이 모습을 지켜보던 노빈손은 감탄을 금치 못했다.

"와, 정말 빠르다!"

멀리 부두에선 두웨성이 청방 사람들을 이끌고 달려오고 있었다. 이미 장소림과 쌍칼 패거리들의 패색이 짙어진 듯했다. 장소림도 그걸 알았는지 총을 머리 위로 올리고 외쳤다.

"도망가는 녀석들은 내 총에 먼저 죽을 거다!"

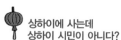

상하이에 사는데 상하이 시민이 아니다?

상하이의 공식 인구는 2천 3백만 명 가량이나, 실제로는 훨씬 많은 인구가 살고 있을 것으로 추정된다. 농촌에서 일자리를 찾아 대도시로 온 사람들이 있기 때문이다. 이들은 상하이에 살고 있지만 상하이 시민으로 인정받지 못한다. 자기 호적지가 아닌 상하이에서는 의료보험이나 의무교육의 혜택도 받지 못한다. 이들의 자녀는 상하이에서 나고 자라도 상하이 호적을 가질 수가 없다. 원래 농촌 인구의 무분별한 도시 집중을 막기 위해 만들어진 제도였으나, 현재는 극심한 빈부격차를 만들어 내는 근본 원인이 되고 있다.

하지만 이미 여럿이
바다를 향해 뛰어들고
있었다. 바다로 뛰어드는
부하들을 향해 총구가 불을
뿜었다. 저 총에 몇 발이나
남았을까?

황비홍이 무언가 결심한 듯
장소림을 향해 몸을 날렸다. 두 사람
사이의 거리는 20미터 이상 떨어져
있었다. 장소림이 여유롭게 황비홍
에게 총을 겨냥했다. 노빈손
은 이 모든 것을 돛대 위에서
지켜보고 있었다.

"에라, 모르겠다!"

노빈손은 장소림을 향해서 몸
을 날렸다. 뛰어내리면서 엉덩이
로 장소림의 어깨를 짓눌렀다.

"으헉!"

장소림의 손에서 총이 떨어졌다.
워낙 순식간에 벌어진 일이라 떨어진 총을 다시 주울 틈도 없었다.
노빈손은 바닥에 뒹굴었지만 전혀 아픔을 느끼지 못했다. 너무 긴장
한 탓에 감각이 마비된 것 같았다.

그 순간이었다. 공중으로 뛰어오른 황비홍의 몸이 장소림 부하 중 한 명의 가슴팍을 딛는가 싶더니, 그 반동을 이용해 머리 위로 치솟았다. 그러고선 비틀거리며 일어서는 장소림의 가슴팍을 향해 발을 내뻗었다. 장소림이 황급히 소림사식 방어 자세를 취했지만, 이미 황비홍의 두 발은 장소림의 가슴을 향해 날아가고 있었다. 이 공격은 다름 아닌 '무영각'이었다. 연속으로 대여섯 번의 발차기를 날리면 너무 빨라 그림자도 보이지 않는다는 의미의 필살기로서, 이 넓은 중국 대륙에서 오직 황비홍만이 구사할 수 있는 기술이었다.

"크허헉!"

가슴에 불의의 일격을 당한 장소림은 비틀거리며 물러서더니 입에서 피를 토하며 뒤로 벌러덩 나뒹굴었다. 장소림은 쓰러지면서도 눈으로 총을 찾았지만, 바닥에 떨어진 총은 이미 노빈손이 주워 바다에 던져버린 뒤였다. 얼핏 보기엔 싱거운 승부였지만, 총을 든 상대방에게 신체를 모두 노출시키는 위험을 무릅쓰고 가해진 필사의 일격이었다.

정신을 잃고 쓰러진 장소림의 허리춤에서 두루마리가 툭하고 떨어졌다. 황비홍은 말없이 두루마리를 주워 품에 숨겼다. 장소림의 졸개들은 우왕좌왕하며 너나 할 것 없이 배에서 뛰어내렸다. 두웨성과 부하들은 등대 앞에 잔뜩 진을 치고 있었다. 멀리 부둣가에서 두웨성이 소리쳤다.

"황 사부, 어깨에서 피가 납니다."

"괜찮습니다. 총알이 뼈를 건드리지는 않았으니 아무 문제 없습니다."

대륙의 철도망

땅이 넓은 중국은 개항 이후 지금까지 꾸준히 철도망을 깔아 왔다. 국토를 동서와 남북으로 가로지르는 철도망을 중국인들은 '팔종팔횡'이라 부르며 자랑한다. 팔종은 동서노선을 말하고, 팔횡은 남북노선을 뜻한다. 중국이 세계 최초로 자기부상열차를 상용화한 것만 봐도 철도에 대한 관심이 얼마나 큰지 짐작할 수 있다.

"물속에 뛰어든 자들은 우리가 다 건져내서 혼쭐을 내 주겠습니다. 여기는 우리한테 맡기고, 빨리 쑨원 선생한테 가 보세요."

장소림의 졸개들은 그물에 걸린 고기처럼 두웨성의 수하들 손에 건져져서 치도곤을 당하고 있었다. 상하이 푸동 바닷가 왈패 출신인 두웨성은 한 명씩 한 명씩 멱살을 잡아 그들을 바닷속에서 끌어 올렸다.

힘이 남아 있는 자들은 완전히 힘이 빠질 때까지 다시 바닷속으로 밀어 넣어 버렸다. 몇몇 깡패들은 두웨성의 모습을 보고서 아예 물속에서 나올 생각도 하지 않았다.

 에필로그

배는 다시 방향을 돌려 부두로 향했다. 노빈손과 쑨원, 황비홍은 갑판 위에서 부두가 가까워 오는 것을 지켜보았다. 동동이 손을 흔들고 있었다. 장소림과 쌍칼 패거리들이 물에 흠뻑 젖은 채 부둣가 바닥에 무릎을 꿇고 앉아 오돌오돌 떨고 있는 모습이 보였다. 그들은 두웨성의 수하들이 워낙 기세등등한 탓에 고개도 제대로 들지 못했다. 뒤처리는 두웨성이 알아서 할 것이다. 아마도 이제 상하이에선 기를 펴고 살지 못하겠지.

황비홍이 쑨원에게 두루마리를 건넸다. 신해혁명에 몰래 자금을 댔거나 인적·물적 지원을 해 준 홍중회 비밀회원들의 명단이 숨겨져 있는 그 두루마리였다.

"선생님, 이 두루마리를 어떻게 하실 것입니까?"

"제가 괜한 짓을 했나 봅니다. 하늘이 알고 땅이 알면 됐지, 일을 함께 도모했던 사람들의 이름을 남겨 무엇하겠습니까? 저 한 명 때문에 여러 사람이 위험할 뻔했습니다. 이 두루마리는 황 사부께서 처분해 주십시오."

쑨원은 다시 두루마리를 황비홍에게 건넸다.

"그러면 여기서 처리를 하시죠."

황비홍은 누군가에게 폭죽을 가져오게 했다. 폭죽에 불을 붙이자 마치 축제라도 열린 듯 불꽃이 튀었다. 거기에 두루마리를 갖다 대자 이내 불꽃이 옮겨 붙었다. 폭죽이 펑펑 소리를 냈고, 두루마리는 소리 없이 재가 되어 날아갔다. 하늘로 날아오른 재는 뱃전에 부딪히거나 바닷물 위로 내려앉았다. 그렇게, 중국의 역사를 바꾼 신해혁명 후원자들의 명단은 상하이 바닷속으로 영원히 사라졌다.

배가 부두에 도착했지만, 쑨원은 배에서 내리지 않았다. 붙잡혔던 선장과 선원들이 분주하게 기관실과 조타실에서 배를 점검하고 있었다. 이윽고 선장이 다가왔다.

"총통 각하, 준비 완료되었습니다. 지금 떠나셔도 아무 문제없습니다."

황비홍과 노빈손, 쑨원은 서로를 마주 보았다. 쑨원은 두 손으로 황비홍과 노빈손의 손을 꽉 쥐었다.

"황 사부, 노빈손. 내가 만약 상하이에서 두 분을 만나지 못했다면 이렇게 일본으로 떠나지도 못했을 겁니다."

"무슨 말씀을요. 저희는 중국의 미래를 위해 큰일을 하시는 선생님 같은 분을 가까이서 모신 것만으로도 영광입니다."

"황 사부, 반드시 힘을 키워 다시 돌아오겠습니다. 혁명은 아직 끝나지 않았습니다. 비록 청나라의 황제는 물러났지만, 위안스카이는 분명히 스스로 황제가 되려고 할 것입니다. 이 땅이 다시 황제의 나라가 되는

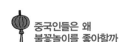

중국인들은 왜 불꽃놀이를 좋아할까

불꽃놀이는 9세기에 중국이 화약을 발명하면서 가능해졌으므로, 약 천 년 전부터 시작됐다. 종교적인 의미를 담아 화약을 채운 대나무관을 불 속에 던져 폭발시키기도 했는데, 이는 폭발음이 악한 기운을 쫓아 버린다는 미신에 따른 것이다. 지금도 중국인들은 설날이나 결혼식, 개업식 등 중요한 행사가 있을 때 시끄러운 폭죽을 터뜨린다. 중국인들이 발명한 화약은 서양으로 전해져 총과 대포가 되어 동양을 침략하는 데 사용되었으니 아이러니컬하다.

것만은 무슨 수를 써서라도 막아야 합니다."

"알겠습니다. 저희도 여기서 힘을 키우고 있겠습니다."

"칭링에게는 일본에 사무실을 다시 열고 자리를 잡는 대로 기별하겠다고 전해 주십시오."

뿌~ 뱃고동이 한 차례 길게 울었다. 쑨원이 노빈손에게 시선을 돌렸다.

"노빈손, 자네 같은 젊은이 덕분에 우리 중국의 미래가 밝습니다."

"선생님, 저는 중국 사람이 아닌데요."

노빈손이 머리를 긁적이며 대답했다.

"아 참, 그랬지. 우리 아시아의 미래가 밝다고 해야 맞겠군요. 하하하."

이들을 보고 있던 동동이 배로 뛰어 올라왔다. 그는 눈물을 흘리고 있었다.

"선생님, 진작 사과 드렸어야 하는데 이제야 입을 떼는 저를 용서해 주십시오. 제가 너무 큰 죄를 지었습니다. 그래도 이렇게 무사하셔서 정말 다행입니다."

"이보게 청년, 젊을 때는 누구나 실수를 하는 법이라네. 하물며 아버지에게 효를 실천하기 위해 한 자네의 행동을 나무랄 사람은 아무도 없다네. 이제 나라의 미래를 위해서 힘을 키우고 실력을 닦는 일에 매진해 주게나."

황비홍, 노빈손, 동동 세 사람은 함께 배에서 내려왔다. 모두들

뱃전에 선 쑨원에게 손을 흔들었다. 배가 시야에서 거의 사라져 갈 때쯤에야 일행은 바다를 등졌다.

노빈손과 동동은 걸어서 외백도교를 건넜다.

"동동, 다리 아프지 않니? 우리도 이번에 인력거 한번 타 보자."

"너 인력거 못 타 봤어? 여지껏? 그러고서 어떻게 인력거 운전을 했냐."

"나야 상하이 오자마자 얼떨결에 인력거를 몰았잖아. 안 타 본 게 당연하지."

마침 근처를 지나는 인력거가 있었다. 덜컹거리는 인력거 좌석에 나란히 앉은 둘은 이런저런 이야기를 나눴다. 노빈손이 강 건너를 가리켰다.

"동동, 너 저기 강 건너편의 밭이 나중에 어떻게 되는지 알아?"

"어떻게 되긴, 밭이니까 채소가 많이 나겠지."

"아니, 그게 아니고 백 년 뒤에 말이야."

"백 년 뒤 일을 내가 어떻게 알아."

"세계에서 세 번째로 높은 빌딩이 저기 들어서게 될 거야."

"저 황무지에?"

동동이 어처구니없다는 표정을 지었다.

"거짓말하지 마. 너는 가끔씩 이상한 소

상하이의 미래 푸동

상하이 동부 지역의 이름으로, 현재 행정상의 공식 명칭은 푸둥신구다. 과거에는 상하이 시민들이 먹는 야채 등을 조달하는 대도시 근방의 농촌이었으나, 1990년에 중국 정부가 개발 계획을 발표하면서 현재는 중국의 금융 및 상업 허브로 떠올랐다. 특히 황푸강을 사이에 두고 와이탄을 마주보고 있는 루자쭈이 금융무역특구의 경우, 많은 이들이 상하이의 과거와 현재와 미래를 동시에 볼 수 있는 곳이라고 감탄한다.

리를 하더라."

"거짓말 아니라니까."

인력거가 황푸 공원 앞을 지나갔다. 그런데 누가 떼어 버렸는지, 항상 붙어 있던 '개와 중국인 출입금지'라고 씌어 있는 팻말이 보이지 않았다. 노빈손이 중얼거렸다.

"어, 팻말이 어디 갔지?"

그 순간 인력거 운전사가 "따올러(도착했어요)"라고 말하는 소리가 들렸다.

"동동, 어서 내리자. 요금은 내가 낼게."

한데 돌아보니 인력거 옆좌석에는 아무도 없었다. 놀란 노빈손이 두리번거렸다.

"어, 동동은 어딨지? 아저씨, 저랑 같이 탔던 애는 어디 갔어요?"

운전사는 무슨 영문인지 모르겠다는 표정을 지었다.

"무슨 소리냐? 너 혼자 탔잖아. 자, 와이탄에 다 왔다. 산스콰이(30위안) 내라."

"아니, 제가 혼자 탔다뇨?"

"요금 달라니까!"

노빈손은 어쩔 수 없이 돈을 찾아서 주머니를 뒤졌다. 그러다가 문득 쑨원의 얼굴이 그려진 백 위안짜리 타이완 지폐가 없다는 사실을 깨달았다.

'아, 그건 칭링이 가져갔지?'

노빈손은 혼자 슬그머니 미소를 지었다.

강 건너의 동방명주 타워와 세계무역센터 빌딩에 비친 햇살이 눈부셨다. 상하이 시민들과 외국 관광객들이 평화롭게 공원을 거닐고 있었다. 노빈손이 막 지나 온 외백도교 위에선 결혼식을 앞둔 커플들의 웨딩 촬영이 한창이었다.